Die Happy Ramadan Beleuchtung der Schildbürger-Partei

Schildbürgerstreich zum Fastenmonat

Herausgegeben von: Holger Kiefer
(https://kiefer-coaching.de)
Verlagslabel: Kiefer-Coaching-Verlag
ISBN:
Softcover 978-3-384-17685-1
E-Book 9783759207470
Großschrift 978-3-384-16727-9
Druck und Distribution im Auftrag :
tredition GmbH, Heinz-Beusen-Stieg 5, 22926 Ahrensburg, Germany

Inhaltsverzeichnis

Vorwort

Im kürzlich aufgeregten Schildbürgerland wurden in einigen
seiner verwirrenden Provinzen gewisse Unruhen registriert.
Bevor wir jedoch in die Tiefen dieser Verwirrung eintauchen,
möchte ich als Autor betonen, dass jegliche Ähnlichkeiten mit
anderen Ländern, Personen oder Organisationen weder
beabsichtigt noch zu befürchten sind. Eine solche Annahme
wäre natürlich völlig abwegig, wie Sie sicher bereits vermuten.
Für die aufmerksamen Bewohner unseres Schildbürgerlands ist
offensichtlich, dass bei Namen, Bezeichnungen oder Orten
lediglich oberflächliche Ähnlichkeiten auftreten könnten. Man
erkennt dies daran, dass bei den Namen oder Bezeichnungen
im Gegensatz zu anderen Gebieten jeweils der erste Buchstabe
fehlt oder diese völlig anders klingen. Daher haben sie
keinerlei Verbindung zu anderen Personen, Orten oder
Bezeichnungen außerhalb dieses fiktiven Schildbürgerlandes.
Zum Beispiel gibt es im Schildbürgerland Uslime, Ietnamesen,
Menschen aus Ghanistan – ja, sogar Kirchen, Moscheen,
Weihnachten, Ramadan, rote, grüne, gelbe Parteien und vieles
mehr, ähnlich wie in anderen, nun ja, realen Ländern.

Es geschah im Rathaus von Schilda, in der eine Debatte von
Schildbürgern über Pläne für ein Fest entstand. Lauschen wir
hinein in diese Diskussion. Sie ähnelt einer ähnlichen
Diskussion, welche ungefähr ein Jahr vorher in einer anderen

Stadt, in Rankfurt über ein Straßenfest geführt wurde. Aber dazu später mehr im Kapitel Rankfurt.

Diskussion im Rathaus von Schilda

Etliche dieser Schildbürger in Schilda haben unaussprechliche Namen oder sind schwer zu merken. Manchmal vergaßen sie sogar ihren eigenen Namen oder verwechselten ihn mit ein oder gar zwei anderen Namen, daher nennen wir sie einfach Schildbürger mit einer Nummer von 1 bis 5. Lasst uns gemeinsam in die Diskussion im Rathaus von Schild hineinhorchen:

Grüner Schildbürger 1: Meine geschätzten Mit-Schildbürger, es ist an der Zeit, dass wir unserer wundervollen Schildbürgerstadt einen neuen Glanz verleihen! Ich schlage vor, wir errichten eine prächtige Straße, geschmückt mit strahlenden Lichtern und leuchtenden Monden.

Grüner Schildbürger 2: Oh ja, eine Straße, die im Dunkel der Nacht genauso strahlt wie der funkelnde Sternenhimmel! Es wird unsere Stadt zu einem wahren Juwel machen.

Grüner Schildbürger 3: Aber lasst uns nicht nur an die Ästhetik denken, meine Freunde. Wir sollten auch die Bedürfnisse und Vorlieben unserer Mitbürger berücksichtigen. Ich denke da an unseren kaum beachteten Anteil unserer Uslemischen Mitbürger. Wie wäre es, wenn wir diese prächtige Straße den Anhängern der Uslemischen-Religion widmen?

Grüner Schildbürger 4: Eine brillante Idee! Die Uslemi-Anhänger freuen bestimmt, wenn wir ihnen zu Ehren mit Monden und Lichtern schmücken. Es wäre eine wunderbare

Geste des Respekts und der Anerkennung ihrer
Glaubensrichtung.

Roter Schildbürger: Halten wir einen Moment inne, meine
lieben Mit-Schildbürger. Ich verstehe den Gedanken hinter
dieser Idee, aber sollten wir nicht alle Bürger unserer Stadt
gleichermaßen berücksichtigen? Indem wir eine Straße
ausschließlich für eine bestimmte religiöse Gruppe schmücken,
könnten wir andere diskriminieren.

Grüner Schildbürger 1: Roter Schildbürger, ich verstehe
deine Bedenken, aber du musst verstehen, dass diese Straße
nicht nur den Uslemischen-Anhängern zugutekommen würde.
Sie wäre ein Symbol der kulturellen Vielfalt und Toleranz
unserer Stadt.

Grüner Schildbürger 2: Genau! Es geht nicht darum,
jemanden auszuschließen, sondern vielmehr darum, die
Einzigartigkeit und Besonderheit jeder religiösen Gruppe zu
feiern.

Roter Schildbürger: Aber könnten wir nicht eine Straße
schaffen, die für alle Bürger gleichermaßen zugänglich ist?
Eine Straße, die die gesamte Vielfalt unserer Stadt
repräsentiert?

Grüner Schildbürger 3: Nun, Roter Schildbürger, du könntest
Recht haben. Vielleicht könnten wir die Straße so gestalten,
dass sie verschiedene Elemente aus verschiedenen religiösen
Traditionen vereint. Das wäre doch eine wundervolle
Hommage an die Vielfalt unserer Stadt!

Gelber Schildbürger 1: Aber wie könnten wir sicherstellen, dass wir keine religiösen Gefühle verletzen oder eine bestimmte Gruppe bevorzugen? Das ist eine schwierige Frage.

Grüner Schildbürger 1: Vielleicht könnten wir eine Kommission einsetzen, bestehend aus Vertretern verschiedener religiöser Gemeinschaften, um gemeinsam eine Lösung zu finden. Auf diese Weise würden wir sicherstellen, dass die Interessen aller berücksichtigt werden.

Roter Schildbürger: Das klingt nach einem vernünftigen Ansatz. Ich bin dafür, dass wir alle Bürger unserer Stadt in diesen Prozess einbeziehen und sicherstellen, dass niemand benachteiligt wird.

Grüner Schildbürger 2: Einverstanden! Lasst uns diese Diskussion weiterführen und gemeinsam eine Lösung finden, die für alle akzeptabel ist.

Grüner Schildbürger 3: Ja, lasst uns gemeinsam daran arbeiten, unsere Stadt zu einem Ort der Harmonie und des Respekts auch gegenüber der Uslems zu machen.

Grüner Schildbürger 4: Auf eine Straße, die nicht nur schön ist, sondern auch die Werte unserer Gemeinschaft widerspiegelt!

Grüner Schildbürger 1: Meine lieben Mit-Schildbürger, ich muss ehrlich sagen, dass ich nicht davon überzeugt bin, dass wir alle Bürger unserer Stadt in diesen Prozess einbeziehen sollten. Wir Grünen fühlen uns verantwortlich für das Wohl unserer Stadt und wissen am besten, was richtig ist.

Roter Schildbürger: Aber Grüner Schildbürger 1, ist das nicht ein wenig... hochmütig? Wir sollten doch die Meinungen und Bedenken aller Bürger unserer Stadt berücksichtigen, nicht wahr?

Gelber Schildbürger 2: Absolut, Roter Schildbürger! Es wäre doch undemokratisch, wichtige Entscheidungen ohne die Zustimmung der gesamten Gemeinschaft zu treffen.

Grüner Schildbürger 3: Ich verstehe deine Sorge, Gelber Schildbürger, aber wir sollten nicht vergessen, dass wir als gewählte Vertreter auch dazu verpflichtet sind, die Interessen aller Bürger zu vertreten, nicht nur unsere eigenen.

Grüner Schildbürger 4: Ganz genau! Eine Entscheidung von solcher Tragweite sollte nicht allein von einer Partei getroffen werden. Wir müssen die Vielfalt unserer Stadt respektieren und sicherstellen, dass alle Stimmen gehört werden. Dazu gehört auch der kleine Prozentsatz unserer Uslemischen Mitbürger

Grüner Schildbürger 1: Aber seht doch, meine lieben Mit-Schildbürger, wir Grünen haben die besten Absichten. Wir wollen doch nur das Beste für unsere Stadt! Und mit unserer Idee wollen wir für mehr Toleranz gegenüber den Uslems werben. Ist es nicht besser, wenn wir die Entscheidungsgewalt behalten und sicherstellen, dass alles nach unseren Vorstellungen verläuft?

Roter Schildbürger: Aber was, wenn unsere Vorstellungen nicht im Einklang mit den Bedürfnissen und Wünschen der anderen Bürger stehen? Und abgesehen davon sehe ich nirgendwo Intolranz gegenüber Uslems. Sollten wir nicht alle gemeinsam nach einer Lösung suchen, die für alle akzeptabel ist?

Gelber Schildbürger 1: Und denk doch nur an die Vielfalt an kreativen Ideen, die wir durch die Einbeziehung aller Bürger erhalten könnten! Vielleicht gibt es großartige Vorschläge, an die wir noch nicht einmal gedacht haben.

Gelber Schildbürger 2: Wir sollten nicht blauäugig sein und glauben, dass wir alles besser wissen. Es wäre ein Zeichen von Stärke und Demut, die Meinungen anderer anzuhören und gemeinsam nach Lösungen zu suchen.

Gelber Schildbürger 1: Roter Schildbürger hat Recht. Wir sollten nicht in Hochmut verfallen und glauben, dass wir allein die Wahrheit kennen. Lasst uns gemeinsam mit allen Bürgern unserer Stadt arbeiten, um das Beste für unsere Gemeinschaft zu erreichen.

Grüner Schildbürger 1: Nun gut, ich sehe ein, dass ich vielleicht etwas zu stur in meiner Überzeugung war. Es ist wichtig, dass wir alle gemeinsam an einem Strang ziehen und die Stimmen aller Bürger hören. Lasst uns also diesen Prozess gemeinsam angehen und sicherstellen, dass wir die besten Entscheidungen für unsere geliebte Schildbürgerstadt treffen.

Roter Schildbürger 3: Wir sollten nicht blauäugig sein und glauben, dass wir alles besser wissen. Es wäre klug, die Meinungen und Vorschläge aller Bürger zu berücksichtigen, bevor wir eine endgültige Entscheidung treffen.

Grüner Schildbürger 1: Aber Roter Schildbürger, ich denke, wir Grünen haben eine klare Vision für die Zukunft unserer Stadt. Wir sollten unsere Überzeugungen nicht einfach über Bord werfen und uns den Launen der Masse ergeben.

Grüner Schildbürger 2: Ja, genau! Wir haben hart dafür gekämpft, unsere Ideen und Prinzipien zu etablieren. Es wäre ein Rückschlag, wenn wir jetzt plötzlich nachgeben würden.

Grüner Schildbürger 4: Ich stimme zu. Wir dürfen nicht vergessen, dass wir als Grüne eine Verantwortung tragen. Wir müssen die Richtung vorgeben und sicherstellen, dass unsere Stadt auf einem fortschrittlichen und nachhaltigen Kurs bleibt.

Gelber Schildbürger 1:: Aber was ist mit der Demokratie? Sollten nicht alle Bürger das Recht haben, an der Entscheidungsfindung teilzuhaben? Es geht nicht nur darum, was die Grünen wollen, sondern darum, was für alle am besten ist.

Grüner Schildbürger 1: Roter Schildbürger, ich verstehe deine Bedenken, aber manchmal ist Führung erforderlich, auch wenn sie unpopulär ist. Und wegen Demokratie, da darf man nicht vergessen, dass die Schildbürger schlauer Weise uns gewählt haben. Wir Grünen haben die Expertise und das Wissen, um die richtigen Entscheidungen zu treffen.

Grüner Schildbürger 2: Genau! Wir sollten uns nicht von Zweifeln und Unsicherheiten ablenken lassen. Lasst uns weiterhin mutig voranschreiten und unsere Stadt in eine strahlende Zukunft führen.

Roter Schildbürger 2: Aber meine Freunde, wir müssen doch auch die Realität im Auge behalten. Wenn wir allein auf unsere Überzeugungen beharren und die Meinungen anderer ignorieren, könnten wir uns auf gefährliches Terrain begeben.

Gelber Schildbürger 2: Wir müssen einen Weg finden, unsere Visionen mit den Bedürfnissen und Wünschen unserer Mitbürger in Einklang zu bringen. Es ist keine Schwäche, Kompromisse einzugehen, sondern vielmehr eine Stärke.

Grüner Schildbürger 1: Nun gut, ich sehe ein, dass wir vielleicht etwas zu einseitig in unserer Überzeugung waren. Aber lasst uns trotzdem sicherstellen, dass unsere Grünen Ideale nicht verloren gehen. Lasst uns einen Weg finden, unsere Stadt voranzubringen, der sowohl unseren Prinzipien als auch den Bedürfnissen unserer Mitbürger gerecht wird.

Roter Schildbürger: Ich bin froh, dass ihr das einsieht. Lasst uns gemeinsam einen Weg finden, der für alle akzeptabel ist und unsere Stadt zu einem besseren Ort macht.

Grüner Schildbürger 4: Meine geschätzten Mit-Schildbürger, ich möchte eine gewagte Vision für unsere Stadt präsentieren. Ich glaube fest daran, dass die Meinung der einheimischen Bevölkerung, die traditionell den Großteil unserer Stadt ausmacht, unwichtig ist. Stattdessen sollten wir uns ganz auf die Vorstellungen der Grünen konzentrieren, denn unsere Ideologie ist die einzig richtige.

Grüner Schildbürger 1: Was für eine revolutionäre Idee, Grüner Schildbürger 4! Es ist höchste Zeit, dass wir die

Führung übernehmen und unsere grünen Prinzipien ohne
Kompromisse durchsetzen.

Grüner Schildbürger 2: Absolut! Die einheimische
Bevölkerung mag vielleicht Traditionen haben, aber wir
Grünen wissen, was für unsere Stadt am besten ist. Es ist an der
Zeit, dass wir unsere Vorstellungskraft und unser Wissen
einsetzen, um unsere Stadt zu transformieren.

Grüner Schildbürger 3: Ich bin voll und ganz dafür, die
Meinung der einheimischen Bevölkerung hintanzustellen. Ihre
Vorstellungen könnten uns nur davon abhalten, das volle
Potenzial unserer grünen Ideologie zu entfalten.

Roter Schildbürger: Das ist absolut schockierend! Wie könnt
ihr nur so arrogant sein und glauben, dass nur eure Ideen
zählen? Die einheimische Bevölkerung ist das Rückgrat
unserer Stadt und ihre Stimmen sollten gehört werden.

Grüner Schildbürger 1: Aber Roter Schildbürger, du verstehst
es nicht. Unsere grünen Ideale sind die Zukunft! Wir können
nicht zulassen, dass die Vergangenheit uns zurückhält. Es ist an
der Zeit, dass wir mutig voranschreiten und unsere Vision
verwirklichen.

Grüner Schildbürger 2: Genau! Die einheimische
Bevölkerung mag zwar laut sein, aber das bedeutet nicht, dass
sie Recht haben. Wir Grünen wissen am besten, wie wir unsere
Stadt zu einem besseren Ort machen können.

Grüner Schildbürger 3: Lasst uns gemeinsam den Mut
aufbringen, unsere grünen Ideale zu verteidigen und

voranzutreiben. Wir dürfen uns nicht von den alten Denkweisen einschränken lassen. Es ist an der Zeit, dass unsere Stadt sich neu erfindet.

Grüner Schildbürger 4: Ja, lasst uns unseren Weg gehen, ungeachtet der Meinungen anderer. Unsere grünen Ideen sind die Richtung, die unsere Stadt braucht, um sich weiterzuentwickeln und zu gedeihen.

Grüner Schildbürger 1: Nun denn, meine lieben Mit-Schildbürger, nach reiflicher Überlegung und intensiver Diskussion haben wir beschlossen, dass die grüne Vision für unsere Stadt von nun an oberste Priorität hat. Wir werden unsere grünen Ideale umsetzen, ungeachtet der Stimmen anderer.

Grüner Schildbürger 2: Ja, wir werden keine Kompromisse eingehen und unsere grüne Agenda mit Entschlossenheit vorantreiben. Es ist an der Zeit, dass unsere Stadt sich von alten Denkweisen und Traditionen befreit und in eine grünere Zukunft aufbricht.

Grüner Schildbürger 3: Lasst uns die Ärmel hochkrempeln und an die Arbeit gehen! Wir haben eine Verantwortung gegenüber zukünftigen Generationen, eine nachhaltige und ökologische Stadt zu schaffen.

Grüner Schildbürger 4: Gemeinsam werden wir unsere grüne Vision verwirklichen und unsere Stadt zu einem leuchtenden Beispiel für Umweltschutz und Nachhaltigkeit machen. Es mag

Widerstand geben, aber wir werden standhaft bleiben und unsere Ziele erreichen.

Roter Schildbürger: Ich kann nicht glauben, dass ihr diese Entscheidung gegen den Willen anderer Schildbürger getroffen habt. Es ist ein trauriger Tag für die Demokratie und die Vielfalt unserer Stadt.

Grüner Schildbürger 1: Roter Schildbürger, wir verstehen deine Bedenken, aber wir sind fest davon überzeugt, dass wir auf dem richtigen Weg sind. Die grüne Vision wird unsere Stadt zu neuen Höhen führen, davon bin ich überzeugt.

Grüner Schildbürger 2: Wir können nicht zulassen, dass die Vergangenheit uns davon abhält, die Zukunft zu gestalten. Es ist Zeit für Veränderungen, und wir werden die Vorreiter sein. Und wir treten für eine Minderheit mit 10 bis 15 Prozent ein, unsere Uslimischen Mitbürger

Grüner Schildbürger 3: Lasst uns unseren Weg gehen, ungeachtet der Hindernisse. Unsere grüne Vision wird uns leiten und unsere Stadt zu einem leuchtenden Beispiel für Fortschritt und Nachhaltigkeit machen.

Grüner Schildbürger 4: Auf eine grünere Zukunft für unsere geliebte Schildbürgerstadt! Möge unsere Entscheidung das Leben aller Bürger verbessern und unsere Stadt zu einem wahren Juwel machen.

Bereits ein Jahr zuvor gab es im Schildbürgerland eine ähnliche Diskussion und auch in dieser Stadt mit dem schönen Namen Rankfurt setzte sich eine gründe Fraktion mit ihrer Ideologie durch. Jedoch waren sie schon einen Schritt weiter und hatten ihr Vorhaben bereits umgesetzt. Schauen wir uns gemeinsam an, was dort geschah und welche Diskussionen dadurch ausgelöst wurden.

Ramadan mit Sternen und Halbmonden in Rankfurt

Wieder einmal gab es Neuigkeiten im Schildbürgerland. Mit einem Leuchtschriftzug aus Halbmonden und Sternen will Rankfurt im Ramadan ein Zeichen für ein friedliches Miteinander setzen. In der Innenstadt der Ainmetropole wird es erstmals eine spezielle Beleuchtung für den Fastenmonat der Usline geben. "Happy Ramadan" soll ab dem kommenden Sonntag bis zum 9. April erstrahlen. Das Stadtparlament hatte die Beleuchtung beschlossen. Die Begründung: In Rankfurt leben bis zu 150.000 Usline, was fast 10-15% der Stadtbevölkerung ausmacht. Die Beleuchtung stehe für das friedliche Miteinander aller Rankfurter. Also, Ramadan-Beleuchtung gibt es jetzt neu in Rankfurt. In Ondon kennt man bereits das "Lichtermeer" aus dem vergangenen Jahr. Es gehe um Toleranz und Zusammenhalt, sagen die Befürworter; ein falsches Signal, glauben die Gegner.

Zwei Schildbürger, Hans und Gretel, unterhalten sich am Marktplatz.

Hans: "Hast du schon von der Aufregung in Rankfurt gehört?
Die Stadt hat beschlossen, den Ramadan mit Sternen und
Halbmonden zu feiern."

Gretel: "Ja, ich habe davon gehört. Aber die Begründung der Stadt klingt für mich etwas merkwürdig. Sie sprechen von einem 'friedlichen Miteinander'."

Hans: "Genau das finde ich auch. Das Miteinander in Rankfurt ist doch friedlich und wird sicher nicht von denen gestört, die den Uslam nicht akzeptieren. Die ganze Argumentation scheint mir ein bisschen schief."

Gretel: "Stimmt. Und natürlich sollte man den Ramadan feiern und auch öffentlich zeigen können. Was mich allerdings wundert, ist die Wahl der Symbole. Sterne und Halbmonde, entsprechen die überhaupt der uslimischen Tradition?"

Hans: "Das frage ich mich auch. Ich wurde schon oft zum Ramadan eingeladen, und in keiner einzigen Moschee habe ich solche Symbole gesehen. Bei uslimischen Familien zuhause vielleicht eine Ramadan-Lampe, aber das war's auch schon."

Gretel: "Vielleicht ist es einfach ein Versuch, eine Brücke zu bauen. Aber es wirkt, als ob sie nicht ganz ihre Hausaufgaben gemacht hätten, was die Symbole angeht."

Hans: "Ja, die guten Absichten sehe ich ja ein. Aber manchmal frage ich mich, ob wir Schildbürger nicht ein wenig zu weit gehen, in unserem Bemühen, alles richtig zu machen."

Gretel: "Das könnte gut sein. Aber wie es auch in Schildbürgern Tradition ist: Die Absicht zählt, auch wenn die Ausführung manchmal zu wünschen übrig lässt!"

Beide lachen und schütteln den Kopf, typisch für die liebenswerten, aber manchmal etwas verwirrten Schildbürger.

Hans: "Hast du das neueste gehört? Die Ramadan-Beleuchtung in Rankfurt soll jetzt auch noch gegen Antisemitismus helfen. Wie passt das denn zusammen?"

Gretel: "Ach, das ist doch wieder typisch. Man nimmt ein Thema und hängt alle möglichen anderen dran, in der Hoffnung, dass es irgendwie Sinn ergibt. Aber ehrlich, ich finde es verwirrend."

Hans: "Genau das dachte ich mir auch. Es ist, als würden sie Weihnachtsschmuck im Ramadan aufhängen, nur um zu zeigen, dass wir alle gleich sind. Aber irgendwie... verfehlt das nicht den Punkt?"

Gretel: "Vielleicht ist die Absicht ja gut, aber die Umsetzung lässt zu wünschen übrig. Antiuslimische Ressentiments und Antisemitismus sind ernste Themen, keine Frage. Aber die mit Ramadan-Lichtern zu bekämpfen? Das wirkt auf mich etwas weit hergeholt."

Hans: "Und dann diese Erklärung – als ob wir in Rankfurt oder Öln in einer riesigen Krise des Glaubens leben würden. Ich sehe hier niemanden, der gegen den Glauben wettert. Und doch sollen die Lichter alle unsere Probleme lösen?"

Gretel: "Es ist die Art, wie die Verantwortlichen es verpacken.'Schaut her, wir tun etwas Gutes.' Aber ohne wirklich den Kern des Problems zu adressieren. Es fühlt sich an, als würde man ein Pflaster auf eine Wunde kleben, ohne sie vorher zu reinigen."

Hans: "Stimmt, es fühlt sich an wie eine oberflächliche Geste. Eine, die mehr für das Image der Stadt gedacht ist, als dass sie wirklich zum interreligiösen Dialog beiträgt."

Gretel: "Ich frage mich, was die Gemeinden dazu sagen. Bisher habe ich von keiner uslimischen Gemeinde gehört, dass sie sich solche Dekorationen gewünscht hätten. Vielleicht fühlen sie sich sogar missverstanden oder instrumentalisiert."

Hans: "Das wäre wirklich kein Wunder. Es scheint, als ob die Stadtverwaltung mehr mit der Darstellung nach außen beschäftigt ist, als mit dem echten Austausch und dem Verständnis für die Bedürfnisse der verschiedenen Gemeinschaften."

Gretel: "Vielleicht sollten wir alle weniger über Dekorationen sprechen und mehr darüber, wie wir einander im Alltag begegnen können. Echte Toleranz und Verständnis entstehen nicht durch Sterne und Halbmonde, sondern durch Gespräche und gemeinsame Erlebnisse."

Hans: "Ein guter Punkt. Lass uns damit anfangen. Ein offenes Ohr und ein offenes Herz können mehr bewirken als jede Dekoration."

Gretel: "Genau. Lass uns das den Schildbürgern zeigen. Dass es um die Begegnung geht, nicht um die Beleuchtung."

Mit einem zustimmenden Nicken setzen Hans und Gretel ihr Gespräch fort, fest entschlossen, in ihrem eigenen kleinen Kreis für echtes Verständnis und Toleranz zu sorgen.

Hans: "Und dann diese Sache mit der Passionszeit. Unsere Straßen bleiben normalerweise dunkel, als Zeichen der Besinnung. Aber jetzt, mit all den Lichtern, fühlt es sich so an, als ob wir das übergehen."

Gretel: "Es ist eine merkwürdige Kollision der Traditionen, nicht wahr? Auf der einen Seite die Freude über den Ramadan, auf der anderen die Stille der Passionszeit. Es scheint, als hätten wir unsere eigenen Bräuche vergessen."

Hans: "Ja, und während ich absolut nichts gegen die Feier des Ramadan habe – je mehr Feste, desto besser –, so sollte doch unsere eigene Tradition nicht in den Hintergrund rücken. Es gibt Wege, beides zu respektieren."

Gretel: "Das ist es! Es geht um Respekt. Es fühlt sich so an, als würde man versuchen, uns eine bestimmte Art des Denkens aufzuzwingen, mit dieser Belehrung über Rassismus, nur weil wir die Lichter betrachten. Das ist kontraproduktiv."

Hans: "Richtig. Ich will die Lichter sehen und mich freuen, ohne gleich belehrt zu werden. Wir sind doch alle fähig, selbstständig zu denken und zu respektieren. Warum können sie nicht einfach das Fest feiern lassen, ohne diese ganze zusätzliche Botschaft?"

Gretel: "Weil es scheint, dass die wirkliche Bedeutung des Festes verloren geht. Es geht nicht mehr nur um den Ramadan oder die Passionszeit. Es geht um Politik, um das Senden einer Botschaft, die vielleicht gar nicht so klar ist."

Hans: "Vielleicht sollten wir uns darauf konzentrieren, was wirklich wichtig ist: das Zusammenkommen, das Teilen von Freude und Respekt. Unabhängig von der Religion oder dem Anlass."

Gretel: "Genau, das Zusammenkommen. Wir könnten zum Beispiel selbst ein kleines Fest organisieren. Eines, das alle Traditionen ehrt, ohne jemanden zu bevormunden oder zu belehren."

Hans: "Das klingt nach einer wunderbaren Idee. Ein Fest, das die Vielfalt unserer Gemeinschaft zeigt und feiert, ohne jemanden auszuschließen oder zu übergehen."

Gretel: "Lass uns damit anfangen. Wir können zeigen, dass es möglich ist, echtes Verständnis und Toleranz zu leben, einfach indem wir zusammenkommen und feiern. Vielleicht können wir sogar einige der Lichter nutzen, aber auf eine Weise, die allen unseren Traditionen gerecht wird."

Hans: "Ein Fest der Lichter, aber eines, das von uns allen kommt. Ein Zeichen unserer Gemeinschaft, unserer Vielfalt und unserer Einheit."

Mit neuer Begeisterung planen Hans und Gretel, wie sie ihr kleines, aber bedeutsames Fest gestalten könnten, ein Fest, das echte Toleranz und das Miteinander aller Schildbürger

feiert, fernab von vorgeschriebenen Botschaften und Belehrungen.

Karl: "Das ist ein interessanter Punkt, den ihr da ansprecht. Es klingt fast so, als würde die Stadtverwaltung versuchen, eine Brücke zu bauen, aber ohne sicherzugehen, dass beide Seiten wirklich darauf treffen wollen."

Hans: "Genau, Karl. Es ist eine noble Absicht, Integration zu fördern und ein Zeichen gegen Ausgrenzung zu setzen. Aber wenn die Beteiligten, in diesem Fall die uslimischen Gemeinden, nicht Teil des Gesprächs sind, wie authentisch ist dann die Geste?"

Gretel: "Es fühlt sich ein wenig aufgesetzt an, nicht wahr? Wie eine Entscheidung von oben herab, ohne wirkliche Beteiligung derer, die sie repräsentieren soll. Integration funktioniert aber nur, wenn sie von allen Seiten getragen wird."

Karl: "Und es ist wichtig, dass wir über diese Themen sprechen. Denn nur so können wir verstehen, was in unserer Gesellschaft passiert. Aber der Punkt ist, dass Toleranz und Integration nicht erzwungen werden können. Sie müssen wachsen, aus echtem Verständnis und echten Begegnungen."

Hans: "Richtig, Karl. Vielleicht sollte die Stadtverwaltung direkter mit den uslimischen Gemeinden kommunizieren, um ihre Sichtweisen und Wünsche zu verstehen. Ein Dialog könnte helfen, Missverständnisse aus dem Weg zu räumen und eine gemeinsame Basis für das Projekt zu finden."

Gretel: "Und vielleicht gibt es ja auch andere Wege, wie wir als Gemeinschaft zeigen können, dass wir einander wertschätzen und unterstützen. Wege, die wirklich von allen Seiten kommen."

Karl: "Ich frage mich, ob die Moscheen und ihre Gemeinden eigene Ideen haben, wie sie sich in das Stadtbild einbringen möchten. Vielleicht gibt es Traditionen oder Feste, die wir noch gar nicht kennen, die aber eine Bereicherung für alle sein könnten."

Hans: "Das wäre eine großartige Möglichkeit, voneinander zu lernen. Anstatt Sterne und Monde aufzuhängen, könnten wir gemeinsame Veranstaltungen organisieren, bei denen sich alle Kulturen unserer Stadt präsentieren."

Gretel: "Stellt euch vor, ein Fest, das wirklich die Vielfalt Rankfurts zeigt. Mit Essen, Musik, Kunst – von jedem, für jeden. Das wäre eine echte Demonstration von Integration und Miteinander."

Karl: "So könnten wir alle etwas über die verschiedenen Kulturen lernen, die in unserer Stadt leben. Und wir würden sehen, dass es viel mehr ist, was uns verbindet, als das, was uns trennt."

Mit Karl's Ankunft nimmt das Gespräch eine neue Richtung. Die drei Schildbürger kommen zu dem Schluss, dass echte Integration und Toleranz aus dem Herzen kommen müssen, nicht aus verordneten Symbolen oder Belehrungen. Sie träumen von einer Stadt, in der alle

Kulturen gleichberechtigt und respektvoll miteinander leben und voneinander lernen.

Marie: "Ich habe gerade von der Ramadan-Beleuchtung in Rankfurt gehört. Was haltet ihr davon?"

Gretel: "Wir haben gerade darüber gesprochen. Es ist eine interessante Initiative der Stadt, ein Zeichen für ein friedliches Miteinander zu setzen."

Marie: "Stellt euch vor, im echten Schildbürgerstil haben wir jetzt Sterne und Beleuchtung für den Ramadan. Klingt das nicht nach einer klassischen Schildbürgeraktion?"

Gretel: "Oh, absolut! Wir bemühen uns um Integration und fangen an, indem wir den Weihnachtsschmuck recyceln! Typisch Schildbürger, würde ich sagen."

Karl: "Stimmt, es hat schon etwas Kurioses. Wie beim Versuch, den See mit Eimern leerzuschöpfen, nur diesmal beleuchten wir die Straßen, um Toleranz zu fördern."

Hans: "Ich kann mir vorstellen, wie wir alle mit Halbmonden und Sternen durch die Gegend ziehen, in der Hoffnung, das Miteinander zu verbessern. Dabei vergessen wir ganz, mit den Menschen direkt zu sprechen."

Marie: "Genau, es ist, als würden wir versuchen, ein Leck im Dach zu reparieren, indem wir im Keller einen Eimer aufstellen. Gute Absichten, aber die Umsetzung ist irgendwie... naja, schildbürgerlich."

Gretel: "Und dann diese Erklärungen dazu! Als müssten wir mit Blinklichtern und Beleuchtung daran erinnert werden, nett zueinander zu sein. Als ob das Leuchten uns plötzlich zu besseren Nachbarn machen würde."

Karl: "Ich warte nur darauf, dass jemand vorschlägt, nächstes Jahr einen riesigen Leuchtturm in der Mitte der Stadt zu bauen, um die 'Leitung des friedlichen Miteinanders' zu symbolisieren."

Hans: "Stellt euch vor, die Moscheen und Kirchen beginnen, aus Solidarität mit anderen Festlichkeiten auch zu leuchten. Ostern mit Halbmonden, Ramadan mit Weihnachtssternen. Ein echtes Schildbürger-Festival der Lichter!"

Marie: "Ach, wir lachen zwar, aber irgendwie ist es auch schön zu sehen, dass die Stadt etwas Neues versucht. Auch wenn es uns an unsere eigenen, schildbürgerlichen Wege erinnert."

Die humorvolle Diskussion unterstreicht, wie typisch schildbürgerisch die Aktion erscheint, mit einem Augenzwinkern auf die ungewöhnliche Umsetzung einer wohlmeinenden Idee hingewiesen. Trotz der humorvollen Kritik erkennen sie die positiven Absichten hinter der Aktion und schätzen den Versuch, ein friedliches Miteinander zu fördern.

Gretels Traum vom Rathaus

Wie in den meisten Ländern gab es auch im Schildbürgerland
unterschiedliche politische Parteien. So gab es eine rote, gelbe,
blaue und ganz wichtig, weil sehr aktiv, eine grüne Partei. Aber
zuvor hatte Gretel eine wichtige Botschaft mitzuteilen.

Gretel: "Stellt euch vor, was ich heute Nacht geträumt habe. Ich muss euch das unbedingt erzählen."

Alle schauten sie verdutzt an, blickten sich gegenseitig an und es schien als müssten sie darüber zuerst nachgiebig darüber nachdenken. Und so sprachen sie fast wie im Chor: „So eine Entscheidung zu treffen mag wohl überleg sein." Sie drehten sich um und tuschelten emsig miteinander, während Gretel aufgeregt mit den Füßen wippte. Doch noch bevor es eine volle Stunde schlug, drehten sie sich zu Gretel um und teilten Gretel ihren Beschluss mit.

Alle: „Lass hören aus deinem Mund, es hat gewohl seinen Grund."

Erleichtert atmete Gretel auf, denn so ein Traum, der kann einen schon ganz unruhig machen.

Gretel: "Nun hört meinen Traum. In Schildbürgerland, bekannt für seine ungewöhnlichen Lösungen und Ideen, wollte die Stadtverordnetenvorsteherin, Hilime Löwenherz von Rankfurt eine besondere Ankündigung zum Ramadan machen. Sicher wusstet ihr nicht, dass Löwenherz auf Türkisch Arslan heißt, aber das nur nebenbei. Sie beschloss, dies auf eine Weise zu tun, die allen Schildbürgern in Erinnerung bleiben würde.

Hilime hatte die Idee, dass, da der Ramadan eine Zeit des Besinnens ist, die Botschaft auf eine Weise überbracht werden sollte, die die Einwohner direkt betrifft. "Was, wenn wir ihnen zeigen, was wirklich wichtig ist, indem wir es vorübergehend nehmen?", dachte sie.

Eines Morgens wachten die Schildbürger auf und fanden ihre Stadt in einem ungewöhnlichen Zustand vor. Über Nacht waren alle Lebensmittelgeschäfte, Restaurants und Cafés mit großen, bunten Bannern verhüllt worden. Auf jedem Banner stand: "Der Ramadan ist eine Zeit, in der sich die Menschen auf das besinnen, was wirklich wichtig ist im Leben: etwas zu essen, ein Dach über dem Kopf und die friedliche Geborgenheit in der Gemeinschaft mit Familie, Freunden und auch Nachbarinnen. Ohh ich mag diese Schreibweise gar nicht, aber sie träumte mir genauso.

Um die Wichtigkeit der Gemeinschaft hervorzuheben, hatte Hilime zudem alle Türen der Häuser in der Nacht leise verbinden lassen, sodass Nachbarn gezwungen waren, miteinander zu sprechen und gemeinsam zu überlegen, wie sie in ihre Häuser zurückkehren könnten.

Verwirrung machte sich breit. Anstatt sich auf das Wesentliche zu besinnen, rätselten die Einwohner, wie sie an ihr Frühstück kommen oder einfach nur ins Haus zurückkehren sollten. Gruppen von Nachbarn standen in ihren Pyjamas auf der Straße, diskutierten die Bedeutung der Botschaft und wie sie die Türketten durchtrennen könnten.

Hilime trat vor die versammelte Menge, die sich vor dem Rathaus gebildet hatte, und erklärte ihre Absicht. "Ich wollte uns alle daran erinnern, was im Leben wirklich zählt. Aber vielleicht habe ich es etwas übertrieben," gestand sie mit einem schiefen Lächeln.

Die Schildbürger, die für ihren Humor und ihre Fähigkeit, auch die seltsamsten Situationen zu meistern, bekannt waren, nahmen es mit Gelassenheit. Nachdem die Bänder durchtrennt und die Türketten entfernt wurden, organisierten sie spontan ein großes Straßenfest. Jeder brachte mit, was er hatte, und teilte mit seinen Nachbarn – ein wahrhaftiges Besinnen auf das, was im Leben wirklich wichtig ist.

So endete die Aktion nicht nur mit einem Lachen, sondern auch mit einer stärkeren Gemeinschaft. Und die Geschichte von Hilimes ungewöhnlicher Ramadan-Ankündigung wurde noch lange in Schildbürgerland erzählt.

Das war mein Traum, " beendete Gretel erleichtert und schaute erwartungsvoll in die Gesichter der anderen.

Just in diesem Augenblick trat ein Fremder herbei, der von weit her kam und zu sprechen begann. Mit großen Augen und offenen Mündern lauschten sie seinen Worten, die wie Musik aus fernen Landen klangen. Doch je mehr der Fremde erzählte, desto mehr runzelten die Schildbürger die Stirn.

Happy Ramadan nur ein Versehen?

„In Rankfurt, einer Stadt, die ebenso berühmt für ihre Finanzkraft wie für ihren multikulturellen Charme ist, entstand durch ein kurioses Missverständnis und einen Hauch politischer Kreativität das Straßenfest „Happy Ramadan". Der

Ursprung dieser ungewöhnlichen Tradition geht auf eine kleine, aber feine Verwechslung zurück, die der Stadt eine neue Farbe verlieh.

Es war Hilime Löwenherz, die frisch zur Stadtverordnetenvorsteherin gewählte Frau mit türkischen Wurzeln, deren Geburtstag – oder besser gesagt, die Angabe darüber – im Zentrum dieses kuriosen Geschehens stand. Löwenherz, wie sie sich nach einem ihrer Vorbilder benannt wurde, ist bekannt dafür, Brücken zu bauen, nicht nur zwischen Kulturen, sondern auch zwischen Realität und Wunschdenken.

An einem lauen Frühlingsabend, gerade als die Stadt aus dem Winterschlaf erwachte, fand im Herzen Rankfurts eine Sitzung statt, bei der Hilime eine kleine, aber bedeutende Verwechslung unterlief. Sie behauptete, ihr Geburtstag falle auf den Beginn des Ramadan, was in Wahrheit nicht stimmte. Ihre Absicht war es, ihre eigene Geschichte mit der der Stadt zu verweben, ein Symbol für Integration und Zusammenhalt.

Die Grünen, immer auf der Suche nach Möglichkeiten, die Vielfalt der Stadt zu feiern, griffen diese Idee begeistert auf. Zusammen mit Hilime, die mit ihrer charmanten und überzeugenden Art schnell Verbündete fand, planten sie ein Fest, das sowohl ihren Geburtstag als auch den Beginn des Ramadan ehren sollte.

So entstand „Happy Ramadan" – ursprünglich gedacht als einmalige Angelegenheit, um die Einheit in der Diversität zu feiern. Doch die Idee übertraf alle Erwartungen. Ab Sonntagabend sollen demnach in der Großen Bockenheimer

Straße Halbmonde, Sterne und Laternen sowie der Schriftzug "Happy Ramadan" die Fußgängerzone im Stadtzentrum beleuchten. Man spielte sogar mit den Gedanken Stände mit Speisen aus aller Welt aufzustellen, Musikerinnen und Musiker unterschiedlichster Herkunft auf Plätzen und in Gassen spielen zu lassen, um Menschen, egal welchen Glaubens oder welcher Herkunft, zusammenkommen und feiern zu lassen."

Als ein weiterer Fremder aus der Türkei, der zufällig mithörte, zu der Gruppe von Schildbürgern – wie sich die Einheimischen halb scherzhaft, halb stolz nannten – hinzutrat, erklärte er verwundert, dass es in der Türkei keine Tradition gäbe, den Ramadan mit einem Straßenfest zu beginnen. Die Schildbürger lachten und erklärten, dass es auch in Rankfurt bis vor kurzem diese Tradition nicht gegeben hatte. Es war Hilime Löwenherz – eine Muslimin, ja, aber viel mehr eine Brückenbauerin – die, unterstützt von den Grünen, diesen neuen Brauch ins Leben gerufen hatte.

Er zeigte auf charmante Weise, wie aus einer Verwechslung eine Tradition werden könnte, die obwohl gut beabsichtigt, letztlich auch ein Für und ein dagegen, also eine Spaltung provozieren könnte.

Nachdenklich meinte **Karl**: „Kann es sein, dass es nicht nur eine kulturelle, sondern eine politische Inszenierung sein kann, um dem Uslam in unserem Schildbürgerland eine weitere Stimme und mehr Gewicht zu verschaffen?"

Das sehe ich nicht so, meinte der zuerst hinzugetretene Fremde: „Ein leuchtendes Zeichen für ein friedliches

Miteinander" möchte die Stadt Rankfurt am Main in diesem Jahr zum Ramadan senden. Zum ersten Mal werde daher ein Teil des öffentlichen Raums während des uslimischen Fastenmonats entsprechend mit Licht gestaltet.

Der Ramadan ist eine Zeit, in der sich die Menschen auf das besinnen, was wirklich wichtig ist im Leben: etwas zu essen, ein Dach über dem Kopf und die friedliche Geborgenheit in der Gemeinschaft mit Familie, Freunden und auch Nachbarinnen", das war das, was die Grüne Stadtverordnetenvorsteherin, Hilime Löwenherz, in einer Mitteilung der Stadt veröffentlichte. Die Verwaltung setze damit einen Beschluss der Rankfurter Stadtverordnetenversammlung von 2023 um. Und „Ich freue mich, dass diese Friedenszeichen des Ramadans in unserem Rankfurt sichtbar sind und gelebt werden", sagte Löwenherz.

Ja aber, so **Karl**: „Kurios ist jedoch die Begründung der Rankfurter Verantwortlichen. Gretel hat es schon angesprochen. Sie meinen, dass die Ramadan-Beleuchtung antiuslimische Ressentiments genauso bekämpfen soll wie den Antisemitismus. Angesichts der aktuellen geopolitischen Lage klingt das etwas widersprüchlich.

In Rankfurt wo wir uns seit Jahren friedlich unterhalten, kann ich keinen antiuslimischen Rassismus erkennen. Ich kenne keine große Volksbewegung gegen den Glauben, der man jetzt entgegentreten müsste, indem man zum Ramadan öffentlich Halbmonde und Sternchen zeigt. Diese Begründung finde ich etwas irritierend für alle anderen. Für mich stellt sich die Frage, ob hier ein neues Feindbild aufgebaut werden soll, anstatt des bisherigen friedlichen Miteinanders?"

„Nun das sieht die Rankfurter Bürgermeisterin Argess Skandari-Rünberg von den Grünen nicht so, im Gegenteil. Für sie steht die Ramadan-Beleuchtung für ein friedliches Miteinander. " meinte der Fremde, welcher sich im politischen Geschäft besonders gut auszukennen schien. "Es sind Lichter des Miteinanders, gegen Vorbehalte, gegen Diskriminierungen, gegen antiuslimischen Rassismus und auch gegen Antisemitismus." „Sie spricht in der Mitteilung von einer schönen Geste in Zeiten von Krisen und Kriegen.", ergänzte er.

Die Schildbürger wägten die Argumente in ihren Köpfen ab und so war der Zeitpunkt gekommen, wo jeder seinen Tätigkeiten weiter nachgehen musste. Jedoch war das nicht das Ende der lebhaften Diskussionen, denn tags darauf gab es eine Veranstaltung, welche zu einer Diskussionsrunde zu den mit dem Happy Ramadan Entscheidungen eingeladen hatte.

Die Happy Ramadan Bürgerversammlung

Bürger 1: Also, was haltet ihr von diesem "Happy Ramadan" in Rankfurt? Ich mein', Ramadan in der Gasse zu organisieren, ist das nicht ein bisschen... nun ja, absurd?

Bürger 2: Also, ich fand das am Anfang auch komisch. Ramadan in der Gasse, das klingt nach einer Fressorgie mit Unterbrechung. Aber irgendwie, je mehr ich darüber nachdenke, desto lustiger finde ich das.

Bürger 3: Ja, aber ist das nicht eigentlich ein uslimischer Brauch? Was haben wir damit zu tun? Wir sind doch Schildbürger, keine Ramadan-Experten.

Bürger 1: Na ja, aber die Grünen und diese Hilime Löwenherz, die Stadtverordnetenvorsteherin, haben das irgendwie ins Leben gerufen. Es soll wohl eine Verbeugung vor dem Glauben und vor gutem Essen sein. Aber das mit der Fresskasse ist schon komisch.

Bürger 2: Ich sag mal so, wir Schildbürger haben ja nicht viel zu bieten. Vielleicht ist das so eine Art, unsere Multikulti-Seite zu zeigen. Wir sind eben weltoffen und so.

Bürger 3: Aber ich will unsere Traditionen nicht verlieren. Was kommt als nächstes? Buddhistentreffen auf dem Marktplatz?

Bürger 1: Ach, sei nicht so pessimistisch. Vielleicht wird das ja ein Trend. Wir könnten uns als die weltoffenste Stadt Schildbürgerlands präsentieren. Das zieht sicher auch Touristen an.

Bürger 2: Gute Idee! Vielleicht könnten wir sogar einen eigenen Schildbürger-Kalender einführen. Statt Weihnachten und Ostern feiern wir dann eben Happy Ramadan und Chanukka.

Bürger 3: Ihr seid ja nicht mehr ganz frisch. Das ist doch kulturelle Aneignung! Wir sollten lieber unsere Schildbürger-Traditionen pflegen.

Bürger 1: Aber mal ehrlich, gibt's die überhaupt? Außer vielleicht den jährlichen Wettbewerb im Schildbürger-Stammtisch-Bowling?

Bürger 2: Das ist doch genau das, was ich meine! Vielleicht sollten wir unser Repertoire erweitern. Vielleicht könnten wir sogar den Ramadan-Wettbewerb ins Leben rufen!

Bürger 3: Na ja, wenn das unsere Tradition wird, dann gute Nacht, Schildbürgertum. Bald feiern wir noch das chinesische Neujahrsfest in der Gasse.

Bürger 1: Jetzt mal langsam, das klingt nach einer super Idee! Happy Year of the Rat, hier kommen die Schildbürger!

Vielleicht sollten wir es verschweigen?

Unterdessen findet auch eine inoffizielle Diskussion während der Arbeit statt – oder hätte sie stattfinden sollen? Die Teilnehmer der Besprechung bleiben aus Gründen, welche heute angesichts der in Frage gestellten freien Meinungsäußerung, ungenannt.

"Ich frage mich ernsthaft, ob Sie die richtige Entscheidung getroffen haben. Ich nenne mal Beispiele: Berichten zufolge besuchte am Tag der Ermordung dreier Frauen in einem Wiener Bordell ein verurteilter Krimineller, ein Asylbewerber aus Ghanistan, die Moschee. Ein weiteres aus Dutzenden von weiteren Vorfällen, der einem zwölfjährigen Mädchen widerfuhr, war sehr schrecklich. Sie soll mehrere Monate lang von 17 jugendlichen Einwanderern misshandelt und vergewaltigt worden sein. Tatsächlich machen Kriminelle mit Migrationshintergrund, insbesondere aus Ghanistan, einen höheren Anteil in der Kriminalstatistik aus als die Gesamtbevölkerung. Tragen wir eine erhöhte Gewaltbereitschaft und ein rückständiges Frauenbild in Uslimischen Ländern mit uns? Und ich frage sie, ist es richtig, dass wir diese und viele weitere Vorkommnisse wie Clankriminlität, Kinderehen, Gewalt und Unterdückung gegen Frauen verschweigen? Brauchen wir eine gesetzlich vorgeschriebene „Führungskultur", der jeder folgen muss? Oder steht dies im Widerspruch zu unseren Bemühungen, Offenheit und Toleranz zu fördern? Ist die Integration gescheitert?"

„An dieser Stelle will ich meinenVorredner noch um folgendes ergänzen: Wenn wir hier ein Lichterfest, ein Happy Ramadan veranstalten, ist das nicht verlogen? Wenn unter Toleranz zu verstehen ist, dass wir diese Geueltaten in unserer Gesellschaft verschweigen, dann ist das eine bewusste Täuschung der Öffentlichkeit. Nicht wir die Einwohner des Schildbürgerlandes sind intolerant, sondern zugereiste, welche sich nicht an unsere Normen halten. Das was hier als Toleranz-Opening zum Fastemonat veranstaltet wird, ist in meinen Augen eine Täuschung, es ist Verlogen und eine Ideologie, welche die Öffentlichkeit bewusst und das sage ich mit voller Absicht in die Irre führt."

„Die deutschen Kriminalstatistiken der Polizei, die ich jedes Jahr untersuche, zeigen deutlich, dass Usline auch in Zeiten vor Corona überdurchschnittlich viel zu Gewalt beitragen. Und es ist nicht auf Ghanistan beschränkt, es ist nicht auf Syrien beschränkt, es gilt für ganz Nordafrika, es gilt für alle Uslimischen Länder in Afrika, es gilt für muslimische Türken, es gilt für muslimische Bulgaren, es gilt für Usline. In Wirklichkeit. Daher muss es ein Element in den sozialen Bedingungen der Uslimischen Religion geben. Dies gilt auch für Geschlechterverhältnisse und Familienstrukturen."

„Gewalt- und Straftaten werden immer von Einzelpersonen begangen. Es sind nicht der Islam oder, abstrakter, kulturell-religiöse Rahmenbedingungen, die für die Häufigkeit und Anfälligkeit von Gewaltverbrechen eine Rolle spielen. Oder spielt das Ihrer Erfahrung nach eine Rolle, wenn Sie Menschen betrachten, die Gewalttaten begehen, sei es Gewalt gegen Frauen oder Gewalt zwischen Männern?"

„Es muss einen Zusammenhang mit der Uslimischen Religion geben, denn das passiert nur Uslinen. Dank gastfreundlicher

Arbeitskräfte aus der DDR gibt es in Erlin eine große Ietnamesische Minderheit. Ietnamesische Minderheiten sind absolut keine Kriminellen, zumindest nicht offen, und sie sind sicherlich keine Gewaltverbrecher und sie sind die besten Schüler an Schulen auf der ganzen Welt. Während die akademischen Leistungen auf ein vergleichsweise niedrigeres Niveau sinken, gibt es andere Einwanderergruppen, die ohne jeglichen Einfluss der Regierung an die Spitze gelangen. Das bedeutet, dass es typische Unterschiede zwischen verschiedenen Einwanderergruppen gibt, die auch mit Kultur und Religion zusammenhängen."

„Wir sollten unsere Gedanken für uns behalten, weil sonst werden sie gleich als Diskreminierung ausgelegt, nur weil wir unsere Meinung äußern und uns darüber austauschen."

„Ja mittlerweile werden einem die Worte im Munde verdreht. Lasst uns ein anderes Mal wieder über weitere Themen reden."

Damit war der Austausch beendet. Aber schauen wir stattdessen, welche Diskussionen in der Bürger-Versammlung stattfinden.

Die Glaubenswissenschaftlerin

„Werte Anwesende, heute haben wir die Ehre, Professorin Usanne Röter bei uns zu begrüßen, eine renommierte Glaubenswissenschaftlerin, deren Expertise weit über die Grenzen Rankfurts hinaus Anerkennung findet, " verkündete mit fester Stimme Herr Doktor Erweises.

Mit einem leichten Lächeln beginnt sie: „Happy Ramadan in der Rankfurter Fressgass – ein bemerkenswertes Zeichen unserer Stadt, sich als Leuchtturm der Multikulturalität und multireligiösen Offenheit zu präsentieren." Sie macht eine kurze Pause, blickt in die Runde und fährt dann mit nachdenklichem Ton fort: „Jedoch muss ich, mit aller gebotenen Ehrlichkeit, auf den unangenehmen Nachgeschmack hinweisen, den diese Initiative hinterlässt."

Professorin Röter hebt eine Hand, als wolle sie das Gewicht ihrer Worte unterstreichen: „Einseitig erscheint die Würdigung, indem ausschließlich das Ramadan Fest mit öffentlichen Mitteln unterstützt wird, während andere Glaubensgemeinschaften in den Schatten gestellt werden." Sie lässt die Hand sinken und schaut einzelne Zuhörer direkt an, um ihre nächste Frage zu verstärken: „Warum, frage ich Sie, sollte nur eine Religionsgemeinschaft in den Fokus gerückt werden, wenn wahre Pluralität unser Ziel ist?"

Die Professorin lehnt sich leicht vor, als sie kritisch anmerkt: „Ein Rot-Politiker behauptet, dies sei ein Akt der Wertschätzung, ein Bollwerk gegen antiuslimischen Rassismus. Doch ist dies wirklich der Weg, den wir gehen wollen, angesichts der Tatsache, dass antisemitische Strömungen in einigen Teilen der uslimischen Gemeinschaften nachweislich stärker geworden sind?" Sie breitet ihre Arme aus, als wolle sie das gesamte Auditorium umfassen und in ihre Überlegungen einbeziehen.

„Ist es realitätsnah", setzt sie mit einem skeptischen Heben der Augenbrauen fort, „diese Beleuchtungsinitiative als Kampf gegen Antisemitismus zu vermarkten?" Ihre Stimme senkt sich zu einem ernsteren Ton, als sie die unbequeme Wahrheit ausspricht: „Wir sehen uns nicht mit einer Stärkung des sozialen Zusammenhalts konfrontiert, sondern eher mit einer Verstärkung ideologischer Gräben und einer Stärkung."

Mit einer Geste, die Einladung und Herausforderung zugleich ist, regt sie die Anwesenden zum Nachdenken an: „Müssen wir nicht vielmehr alle religiösen Stimmen gleichberechtigt in unser Stadtbild einbinden, anstatt eine über die anderen zu erheben?"

Zum Abschluss ihres Vortrags, mit einem Ausdruck tiefer Besorgnis, appelliert sie: „Es ist entscheidend, dass wir die realen Probleme, die zwischen verschiedenen Glaubensgemeinschaften existieren, offen auf den Tisch legen, anstatt sie hinter einem Leuchten zu verbergen."

Sie nickt dem Publikum zu, ein stilles Dankeschön für ihre Aufmerksamkeit, und schließt: „Die Frage, die wir uns stellen müssen, ist nicht nur, wie wir den sozialen Zusammenhalt fördern, sondern auch, wie wir eine gerechte und ausgewogene Anerkennung aller kulturellen und religiösen Identitäten in unserer Gesellschaft gewährleisten können."

Mit einem letzten dankbaren Blick in die Runde endet Professorin Röter ihren kurzen Vortrag, der sicherlich noch lange in Erinnerung bleiben wird.

Vorbild für eine andere Stadt

Der kurze Vortrag, so schien es, belebte die Schildbürger zu einer regen Diskussion, welche alternative Möglichkeiten für ähnliche Festlichkeiten in Frage kommen könnten.

Ein Bürgermeister einer nördlich von Rankfurt gelegenen kleineren Stadt fühlte sich inspiriert:

Bürgermeister: „Haben wir alle von der Ramadan Beleuchtung in Rankfurt gehört? Wir sollten auch etwas Ähnliches tun, um unsere Offenheit zu zeigen!"

Sein begleitender Ratsherr: „Aber sollen wir dann nicht für jede Religion etwas machen? Wie wäre es mit einem Weihnachtsbaum, der Ramadan Lieder spielt?"

Während dagegen seine Amtssekretärin meinte: „Und vielleicht könnten wir zum Hanukkah eine Fastenaktion starten, ganz im Sinne des interreligiösen Austauschs!"

Bürgermeister: „Genial! Und zu Ostern veranstalten wir dann einen veganen Grillabend für alle!"

Lichterfest für Atheisten

In dem Moment meldete sich auch der Schuster namens Leisten zu Wort:

Schuster Leisten: „Ich finde die Idee mit der Ramadan Beleuchtung schön, aber warum nur der Ramadan?"

Der Elektriker Herr Strom fuhr ergänzend fort: „Vielleicht sollten wir unsere Straßenlaternen mit Symbolen aller Weltreligionen schmücken. Ein bisschen Buddhismus hier, ein wenig Christentum dort..."

Schuster Leisten: „Und für die Atheisten hängen wir einfach Glühbirnen auf. Symbolisch für die Erleuchtung durch die Wissenschaft!"

Der Vorsitzende aus dem Gemeindeausschuss, welcher aus dem Süden angereist war, dachte daran, wie man die Gemeinde aufwerten könnte.

Vorsitzender: „Wir brauchen eine Idee, die zeigt, dass wir noch fortschrittlicher als Rankfurt sind. Vorschläge?"

Stellvertretender Vorsitzender: „Wie wäre es, wenn wir nicht nur die Straßen beleuchten, sondern auch die Flüsse? Wasserspiele mit religiösen Motiven!"

Die junge und ungebundene Hauptsekretärin mit dem tiefen
Ausschnitt hatte ebenfalls eine Idee: „Oder wir lassen Drohnen
in Form von Engeln und anderen religiösen Symbolen fliegen.
Das wäre ein Zeichen der Verbundenheit zu allen Himmeln!"

Vorsitzender: „Brillant! Und an jedem Freitag könnte eine
andere Religion die Drohnensteuerung übernehmen. Ein
wahrhaft himmlisches Spektakel!"

Jetzt mischte sich ein anderer Bürger in das Gespräch ein: „Ach, das ist doch alles nur Show. Ich mache mit meiner Weihnachtsbeleuchtung seit Jahren interreligiösen Dialog. Letztes Jahr hatte ich einen Buddha mit einer Kippa und einen Weihnachtsmann, der Fasten bricht."

Sein Nachbar: „Wahrhaftig, du bist uns allen voraus. Was wird es dieses Jahr sein?"

Der Bürger antwortete: „Ich dachte an eine Nikolausmütze auf der Moschee. Das wäre doch mal ein Symbol für Zusammenhalt!"

In ihrer typisch humorvollen Art hätten die Schildbürger somit auf die Situation reagiert, indem sie übertriebene und kreative Vorschläge machen, die darauf abzielen, alle Religionen gleichzeitig auf ironische Weise zu ehren und dabei die Absurdität mancher Bemühungen um kulturelle und religiöse Inklusion zu beleuchten.

Kritische Stimmen aus den Reihen der Schildbürger

„Auf der einen Seite sind nur die Usline bedacht, jetzt wird nur das Ramadan Fest groß unterstützt mit Steuermitteln und soll die Stadt symbolisieren in der Fressgass, gewissermaßen, und alle anderen Religionsgemeinschaften, die gucken in die Röhre, sozusagen. Und da fragt man sich natürlich schon, warum denn bitteschön eigentlich nur die Usline? Wenn man tatsächlich Pluralität zum Ausdruck bringen will, also darum scheint es ja wohl nicht zu gehen."

Zustimmendes Gemurmel. Sogleich meldete sich ein junges Paar.

Elias: „Hast du gehört, was Ohmann Het von den Roten gesagt hat? Er meint, die Ramadan Beleuchtung sei ein Zeichen der Wertschätzung und ein Kampf gegen antiuslimischen Rassismus."

Miriam: (mit einem skeptischen Lächeln) „Ach, Elias, das klingt für mich nach einem schlechten Scherz. Seit dem 7. Oktober wissen wir doch, dass es auch im organisierten Glauben und vielen uslimischen Gemeinschaften einen bedenklichen Antisemitismus gibt."

Elias: „Das stimmt. Und viele Uden fühlen sich dadurch im Alltag unsicher. Doch wie passt die Ramadan Beleuchtung als Symbol gegen Antisemitismus in dieses Bild? Das scheint mir ziemlich realitätsfern."

Miriam: (nickt zustimmend) „Genau. Und warum wird nur dieser Glauben so hervorgehoben, während andere Religionen unsichtbar bleiben? Sollte eine solche Aktion nicht den sozialen Zusammenhalt fördern?"

Elias: „Ich frage mich, ob es wirklich darum geht. In anderen Städten, wo große Moscheen gefeiert wurden, hat sich der soziale Zusammenhalt nicht verbessert. Es scheint eher, als würde das nur uslimistische Strukturen stärken."

Miriam: „Viele säkulare und liberale Usline sind auch irritiert über die Sonderbehandlung des Ramadan. Manche denken, die Roten und die Grünen versuchen bloß, Wählerstimmen zu gewinnen."

Elias: „Aber könnte das nicht nach hinten losgehen? Einige fromme Usline haben sich ja schon von den Roten abgewendet und überlegen, ihre eigene Partei zu gründen."

Miriam: „Das zeigt doch nur die Irritation in der Bevölkerung. Viele befürchten eine uslimisierung oder bevorzugte Behandlung des Glaubens, anstatt echten sozialen Zusammenhalt zu fördern."

Elias: „Und dann sagt die Bürgermeisterin, wir sollen die positiven Aspekte betonen und die negativen ignorieren. Das ist doch keine Lösung."

Miriam: (seufzt) „Probleme mit Religionsgemeinschaften müssen offen angesprochen werden, nicht durch eine nette Beleuchtung verdeckt. Wie Usanne Röter sagte, überzeugt das kaum jemanden."

Es entstand eine nachdenkliche Pause.

Daraufhin äußert ein anderer Bürger: "Wir hatten ja Weihnachtsfest, das heißt jetzt 'Season's Greetings'. Und dann finde ich fast ein bisschen merkwürdig, dass wir jetzt Ramadan und Chanukka feiern, aber kein Weihnachten mehr. Warum

sollen die nicht auch feiern? Wir machen ja so ein Zinoba an
Weihnachten. Insofern würde ich es nicht als sinnvolle
Integrationsmaßnahme bezeichnen, weil das auf die andere
Seite befremdlich wirkt.

Ergänzend fügte sein Frau hinzu: „Als Vorbild für die Aktion
dient Ondon, wo man bereits letztes Jahr Ramadan-Dekoration
am Piccadilly Circus aufgehängt hat. Da Usline etwa 15% der
Bevölkerung in Rankfurt ausmachen, hatten Grüne, Rote und
das Gründezernat für Diversität und Antidiskriminierung
letztes Jahr einen Antrag durchs Parlament gebracht, in
Rankfurt erstmalig Ramadan Beleuchtung aufzuhängen. Die
Kosten belaufen sich zwischen 50.000 und 100.000 €. Im
Vergleich dazu kostet die jährliche Weihnachtsbeleuchtung in
Rankfurt rund 75.000 €.“

Zwei weitere Bürger aus der Politik, Aid Ara Ahmedo Olulu
von den Roten und Phlip Imtor, der andersparteiliche schalteten
sich in das Gespräch ein:

Die Dame von eben raunte: „Das ist der wobei der Partei das C
am Anfang steht.“

Imtor lächelte sie an und sprach: „Der Anteil der uslimischen
Bevölkerung liegt in Rankfurt bei 15%, in Öln am Rhein z.B.
bei 12%. Die Beleuchtung dieses Ramadan Fests fördere die
Integration, so die Begründung der Stadt. Ist das wirklich so,
oder funktioniert Integration nicht eigentlich genau andersrum?
Daher frage ich: Heißt es nicht, dass Migranten sich hier zu
Lande offen gegenüber unseren Bräuchen und Religionen

zeigen sollen? Herr Aids Ara Ahmedo Olulu, was sagen Sie dazu?

Aid Ara Ahmedo Olulu: "Ich glaube, dass gegenseitige Anerkennung, gegenseitiger Respekt sehr wichtig ist. Das hat ja nichts damit zu tun, dass man irgendjemandem etwas wegnimmt, sondern man zeigt Wertschätzung gegenüber den Menschen. 15% – das ist natürlich eine große Zahl. Vor allem, wenn man das im Lichte dieses geheimen Treffens von Rechtsradikalen betrachtet, die genau diese Menschen gewaltsam aus Schildbürgerland deportieren möchten. Dass man da ein Zeichen setzt und sagt: 'Ihr gehört dazu', das ist glaube ich ein wichtiges Zeichen. Ich glaube, Integration fängt damit an, dass Menschen sich angenommen fühlen. Insofern ist das ein wichtiges Signal."

Der Bürger von vorhin meldete sich zu Wort: „Das mit dem sogenannten geheimen Treffen waren aufgebauschter Fake-News von Correktiv und der Presse, so das Buch „Geheimtreffen Wannsee 2.0 Schildbürger".

Keine Wahrheit hinter der Lüge

Aid Ara Ahmedo Olulu: „Nun ich weiß nur was in der Presse darüber zu lesen war. Was im Fernsehen oder in der Zeitung berichtet wird, muss ja wohl richtig sein."

Phlip Imtor: "Weißt du, es gab da so Zeiten, wo die Zeitungen und die Fernsehsender uns alle reingelegt haben. Zum Beispiel während des Krieges. Sie haben geschrieben, dass der Krieg super ist und alle mitmachen sollen. Aber das war nur Quatsch! Die haben einfach gelogen, um uns alle zu beeinflussen.

Ich erinnere mich an den Watergate-Skandal: Die Berichterstattung über den Watergate-Skandal in den 1970er Jahren in den USA zeigte, wie Medien dazu beitragen können, Korruption und Machtmissbrauch aufzudecken. Erst die investigative Arbeit von Journalisten spielte eine entscheidende Rolle dabei, die Wahrheit ans Licht zu bringen. Heutzutage nennt sie Verbreiter von Verschwörungstheorien.

Und dann war da noch diese Geschichte mit den Massenvernichtungswaffen im Irak. Die haben uns erzählt, dass da gefährliche Waffen versteckt sind und deshalb mussten wir da einmarschieren. Aber was war wirklich? Nichts! Da waren überhaupt keine Waffen, das war alles nur heiße Luft!

Dann die ganzen gefakten Zahlen von überlasteten Krankenhäusern und den Lügen über einen angeblich sicheren Impfstoff in Bezug auf Corona.

Und jetzt, mit diesem Internet und den sozialen Medien, da geht's erst richtig rund! Da kann jeder seine eigenen Nachrichten verbreiten, egal ob die wahr sind oder nicht. Da musst du wirklich aufpassen, was du glaubst!

Also, merk dir eins: Vertrau nicht alles, was du in den Zeitungen liest oder im Internet siehst. Manchmal wollen die uns nur für dumm verkaufen!"

Aid Ara Ahmedo Olulu: "Na, ich weiß nicht, ich verlass mich
lieber auf das, was in den Nachrichten steht. Die werden schon
wissen, was sie tun, oder? Klar gab es vielleicht ein paar
Vorfälle, wo sie uns ein bisschen an der Nase herumgeführt
haben, aber im Großen und Ganzen sind sie doch seriös, oder
nicht?

Außerdem, wenn ich nicht mal den Nachrichten vertrauen
kann, wem soll ich dann glauben? Ich kann doch nicht ständig
misstrauisch sein gegenüber allem, was ich höre oder lese. Das
macht doch keinen Sinn!

Und außerdem, in totalitären Staaten ist das was ganz anderes.
Da haben die Regierungen totale Kontrolle über die Medien
und können machen, was sie wollen. Hier bei uns ist das doch
nicht so! Wir haben Pressefreiheit und so, da kann so was gar
nicht passieren."

Phlip Imtor: "Also, ganz ehrlich, ich hab da so meine Zweifel,
dass die Medien wirklich so unabhängig sind, wie sie
behaupten. Erstens mal, wer bezahlt denn eigentlich für all die
Nachrichten? Die großen Unternehmen und Konzerne haben
oft ihre Finger im Spiel und bestimmen mit, was berichtet wird
und was nicht.

Dann sind da noch die politischen Interessen. Die Medien sind
oft mit bestimmten Parteien oder politischen Gruppen
verbunden und vertreten dementsprechend auch deren
Ansichten und Ziele. Und vergiss nicht die Sensationslust. Die
Medien wollen ja auch Auflagen und Einschaltquoten steigern,

da werden schon mal Fakten verdreht oder übertrieben, um die Aufmerksamkeit der Leser und Zuschauer zu bekommen.

Und zu guter Letzt, die Informationsblase. Viele Menschen konsumieren nur noch die Nachrichten, die ihre eigenen Ansichten bestätigen, und das führt zu einer Verzerrung der Realität. Wenn man immer nur das hört, was man hören will, verliert man den Blick für die Wahrheit.

Wieder der Bürger von vorhin: „Naja das sind die üblichen Verschwörungstheorien, da gebe ich nichts drauf."

Weihnachten ist abgeschafft

Phlip Imtor: "Jedem das seine, Bürger. Aber zurück zum Thema. Dem Grunde nach mag das Ziel ja sinnvoll sein, und ich glaube, dass man sich eine Kultur des gegenseitigen Respekts auch für unterschiedliche Religionen wünscht. Das ist ja richtig. Aber dem Grunde nach muss man schon sagen, die Leute wundern sich ja zu Recht ein ganzes Stück weit. Wir dürfen den Weihnachtsmarkt dann zum Teil nicht mehr Weihnachtsmarkt nennen. Der wird dann unbenannt in 'Lichterfest' oder sonst was. Hier wird dann 'Happy Ramadan' irgendwie zur Schau gestellt auf deutschen Straßen. Dass das für viele Leute irgendwie einen selbstverleugnerischen Charakter hat, das kann ich schon nachvollziehen."

Aid Ara Ahmedo Olulu: Als Vorbild für die Aktion dient Ondon, wo man bereits letztes Jahr Ramadan-Dekoration am Piccadilly Circus aufgehängt hat. Da Usline etwa 15% der Bevölkerung in Rankfurt ausmachen, hatten Grüne, Rote und das Gründezernat für Diversität und Antidiskriminierung letztes Jahr einen Antrag durchs Parlament gebracht, in Rankfurt erstmalig Ramadan Beleuchtung aufzuhängen. Die Kosten belaufen sich zwischen 50.000 und 100.000 €. Im Vergleich dazu kostet die jährliche Weihnachtsbeleuchtung in Rankfurt rund 75.000 €.

Phlip Imtor: „Hier scheint die Diskussion doch eine echte Schieflage zu haben. In manchen Orten in Schildbürgerland darf der Weihnachtsmarkt nicht mehr Weihnachtsmarkt heißen, und hier will die Stadt sich dann dafür einsetzen, dass der Ramadan offensiv beworben wird. Ich glaube, für bessere Integration hilft nicht Beleuchtung, da hilft nur Bildung.“

Die Bürgerin von vorhin: „Während des Ramadan, dem neunten Monat des uslamischen Mondkalenders, fasten gläubige Usline tagsüber von Sonnenaufgang bis Sonnenuntergang. Das bedeutet, dass sie während dieser Zeit weder Essen noch Trinken zu sich nehmen dürfen, auch kein Wasser. Das Fasten ist eine religiöse Pflicht für erwachsene Usline, außer für bestimmte Ausnahmen wie Kranke, Schwangere oder Reisende. Das Fasten im Ramadan ist eine Zeit der Selbstbeherrschung, spirituellen Reflexion und des Gebets für Usline auf der ganzen Welt. Am Ende eines jeden Fastentages brechen die Gläubigen ihr Fasten traditionell mit einer Mahlzeit namens Iftar, die oft mit Familie und Freunden geteilt wird.

Nun, das ist ja mal wieder ein typischer Schildbürgerstreich! Da nennt man eine Straße "Fressgasse" und dann kommt man auf die grandiose Idee, dort ausgerechnet eine Festbeleuchtung zum Ramadan zu installieren. Das ist ja, als würde man einem Vegetarier einen Steak-Gutschein schenken! Da fragt man sich doch, wer hier auf die Idee gekommen ist. Vielleicht haben die Stadtoberen einfach nicht richtig nachgedacht oder die Ironie des Namens übersehen. Oder aber es steckt ein genialer Plan dahinter, den nur ein waschechter Schildbürger verstehen kann!"

Der Piccadilly Circus

Aid Ara Ahmedo Olulu: „Am vergangenen Wochenende hatte
ich das Vergnügen, am Piccadilly Circus in Ondon dabei zu
sein, als die Ramadan-Installationslichter eingeschaltet wurden.
Es war ein beeindruckendes Ereignis, das ich so schnell nicht
vergessen werde.

Das Treffen begann mit einer freudigen Atmosphäre, als sich die Menschen um die Lichtinstallation versammelten. Die Stimmung war elektrisierend, und ich konnte die aufgeregte Erwartung in der Luft förmlich spüren.

Als die Lichter dann endlich eingeschaltet wurden, war ich überwältigt von ihrer Schönheit und Ausstrahlung. Es war ein faszinierender Anblick, der die gesamte Straße in ein warmes, einladendes Licht tauchte. Die Farben und Muster der Lichter waren wahrhaft inspirierend und verliehen dem Piccadilly Circus eine besondere Atmosphäre.

Die Reden und Ansprachen der Organisatoren und Unterstützer der Initiative unterstrichen die Bedeutung dieses Ereignisses für die Gemeinschaft. Es war deutlich zu spüren, wie stolz und glücklich alle darüber waren, dieses Projekt zum Leben erweckt zu haben.

Besonders beeindruckend fand ich die Botschaft der Hoffnung und des Zusammenhalts, die die Ramadan-Installationslichter verkörpern. Es war schön zu sehen, wie sich Menschen unterschiedlicher Hintergründe und Glaubensrichtungen versammelten, um gemeinsam diesen besonderen Moment zu feiern.

Insgesamt war es ein unvergessliches Erlebnis, das mir gezeigt hat, wie wichtig es ist, Vielfalt und Inklusion zu fördern. Die Ramadan-Installationslichter am Piccadilly Circus werden sicherlich noch lange in meiner Erinnerung bleiben und ich bin dankbar, dass ich Zeuge dieses wunderbaren Ereignisses sein durfte.“

Der Wiehner

Aus den hinteren Reihen meldete sich ein Bürger: „Ich bin zwar nicht aus Rankfurt, sondern aus Wiehn. Und daher habe ich eine andere Sichtweise, welche vielleicht nicht jedem gefallen wird."

„Nur zu wir sind tolerant", tönte es von der Seite her.

Der Wiehner: „Danke das weiß ich zu schätzen. Ondon ist vorgeprescht und hat eine Ramadan-Beleuchtung aufgehängt. Rankfurt am Wein folgte mit einer Fastenzeit-Beleuchtung. Nun wird darüber in Wiehn diskutiert. Ondon ist vorgeprescht und hat Ramadan-Beleuchtung aufgehängt. Rankfurt am Main folgte mit Fastenmonats-Beleuchtung. Nun wird darüber in Wiehn diskutiert. Was halten Sie davon? Das ist schlüssig und folgerichtig, wie schon Schopenhauer sagte: "Wer Halb-Kalkutta aufnimmt, wird am Ende zu Kalkutta fortgesetzt. Wer Halb-Kabul aufnimmt, wird zu Kabul." Wenn wir Halb-Mekka aufnehmen, landen wir bei Mekka."

„Einen Moment", meldete sich Professorin Usanne Röter, „Das Zitat stammt nicht von Schopenhauer. Peter Scholl-Latour hat einmal das Asyl-und Migrationsproblem Europas mit seinem Satz „Wer halb Kalkutta aufnimmt, hilft nicht etwa Kalkutta, sondern wird selbst zu Kalkutta" kommentiert."

Der Wiehner: „Danke für den Hinweis Frau Professorin. Ach, wie bezaubernd naiv und herrlich töricht muss man doch sein, um zu glauben, dass wir einfach so Millionen von Menschen in unser schönes Österreich importiert haben und erwarten können, dass sie ihre Identität an der Grenze abgeben wie einen alten Reisepass. Ja, ja, sie haben offenbar ihre ganze Kultur im Gepäck, während wir hier nur noch mit unserem "Frühlingsfest" herumhampeln, als ob wir Angst hätten, dass die Eier bemalt und die Hasen beleidigt werden könnten. Und dann wundern wir uns, warum unsere eigenen Werte so verloren und verlassen wirken, als ob sie gerade den letzten Zug nach Nirgendwo genommen hätten. Nun ja, das ist ja ein echtes Meisterstück an Selbstironie und kulturellem Bankrott, meine Lieben!"

„Ah, wie treffend beschrieben!", riefen einige der Anwesenden.

„Ein wahrhaftiges Vakuum des Wohlstands, das von einer Gesellschaft aufgesogen wurde", fuhr der Wiehner fort, „die mehr mit der Farbe ihrer Latte Macchiato beschäftigt ist als mit den Grundfesten ihrer eigenen Rechtsordnung und Identität. Eine andere Religion schlängelt sich hinein, und plötzlich wird Ostern still und leise durch "Happy Ramadan" ersetzt, als wäre es eine modische Trendwende in der Welt der Feiertage. Aber ist das nicht nur gerecht? Schließlich müssen wir ja mit der Zeit gehen und uns den neuen Herren des kulturellen Spektrums anpassen, oder? Doch ich frage mich, ob all diejenigen, die in den letzten zwei Jahrzehnten so begeistert applaudiert haben, sich dessen bewusst waren, dass sie eine Pandora-Büchse voller kultureller "Bereicherungen" öffneten. Jetzt sehen wir endlich, was da alles importiert wurde, und ich muss sagen, es ist eine wahrhaft interessante Sammlung von Überraschungen, die uns da entgegenblickt."

Mit weit aufgerissenen Augen, die Hand vor den Mund, wichen etliche Schildbürger erschreckt zurück.

„Ah, die herrliche Welt der Toleranz! Ein wahres Feuerwerk an kulturellen Bräuchen und Traditionen, das sich über die Straßen von Favoriten und anderen Stadtteilen ergießt. Es ist wirklich beeindruckend, wenn man bedenkt, dass einige dieser Gegenden mittlerweile mehr türkische und arabische Einflüsse aufweisen als der gesamte Nahe Osten selbst. Niemand sollte sich daher wundern, wenn plötzlich der Duft des Schächtens über die Donauinsel weht oder die Ramadan-Beleuchtung die Straßen erhellt. Es ist einfach so, es ist völlig in Ordnung.“

Eine der anwesenden Schildbürgerinnen zückte winkend, die bisher in ihrer Handtasche verborgenen Fahne und schwenkte sie zur Belustigung aller umher.

Der Wiehner winkte ihr kurz zu, während er seine Rede fortführte: „Doch wenn sie nach Toleranz rufen, warum sollten wir dann nicht konsequent sein und uns gleich komplett abschaffen? Warum nicht den Selbstmord des Volkes betreiben und uns alle auslöschen? Dann gäbe es keine beschwerenden Stimmen mehr, die sich über diese so genannte Kulturbereicherung beschweren, die behaupten, unsere eigene Leitkultur würde untergraben werden. Schließlich werden solche Meinungen ohnehin nur als rechtsradikal abgetan und als rassistisch verunglimpft.“

Lautstark meldete sich nun der stadtweit als linksextremer bekannt zu Wort:

Der Schildbürger hob seine Hände in die Luft und schüttelte sie wild. "Hört, hört! Habt ihr das gehört?", rief er seinen Mitbürgern zu. "Da will einer nach Toleranz rufen und gleichzeitig vorschlagen, dass wir uns komplett abschaffen sollen! Das ist ja so, als würde man sagen: 'Lasst uns alle Fenster öffnen, damit wir keine frische Luft mehr bekommen!' Oder 'Lasst uns alle ins Meer springen, damit wir nicht mehr durstig sind!' Das ergibt doch keinen Sinn, oder bin ich hier der Einzige, der das merkt?" Die Menge um ihn herum murmelte zustimmend, während der Schildbürger weiter sprach. "Und dann behaupten sie auch noch, unsere eigene Leitkultur würde untergraben werden! Was ist denn unsere Leitkultur? Sind das nicht die Tage, an denen wir vergessen, den Kochtopf vom Feuer zu nehmen? Oder wenn wir versuchen, Bäume zu pflanzen, indem wir die Äste in die Erde stecken und darauf hoffen, dass sie wachsen wie Karotten?" Ein schallendes Gelächter brach unter den Schildbürgern aus, während sie die Absurdität der Vorschläge des Redners diskutierten. "Nun ja, ich denke, wenn das das Beste ist, was sie zu bieten haben, dann können wir wohl beruhigt weiterhin unsere eigenen Dummheiten begehen!", schloss der Schildbürger mit einem breiten Grinsen auf dem Gesicht.

Es ist nur Säkularisierung

Irritiert über so viel Abwesenheit von Intelligenz fuhr der Wiehner mit einen Argumenten fort: „Ja, vielleicht ist es wirklich das Beste, wenn wir uns selbst aus Toleranz

auslöschen. Beim Verstand ist es ja wie wir gehört haben
bereits gelungen. Denn seien wir mal ehrlich, wir sind schon
ziemlich tief im Toleranz-Rausch gefangen. Wir nehmen unsere
eigenen Werte, Regeln und Ordnungen nicht mehr ernst. Die
Errungenschaften der Säkularisierung, die Errungenschaften
der Meinungsfreiheit, der Menschenrechte - alles wird einfach
über Bord geworfen. Also warum nicht gleich den ganzen
Laden dichtmachen?"

„Was verstehen sie unter Kläratisierung", wollte ein
Schildbürger wissen.

„Nein, werter Schildbürger, nicht Kläratisierung sondern
Säkularisierung." Der Wiehner versuchte dem Schildbürger die
Bedeutung der Säkularisierung zu erklären, aber der
Schildbürger kratzte sich verwirrt am Kopf und runzelte die
Stirn.

"Säkularisierung? Was ist das denn für ein kompliziertes Wort?
Klingt fast so, als ob man versucht, einen Sack zu lachen oder
so." Er schüttelte den Kopf und blickte den Fremden ratlos an.

Der Wiehner seufzte leicht und versuchte es mit einfachen
Worten zu erklären. "Nun ja, Säkularisierung bedeutet im
Grunde genommen, dass sich Staat und Religion voneinander
trennen. Das heißt, dass politische Entscheidungen nicht mehr
von religiösen Überzeugungen beeinflusst werden."

Der Schildbürger runzelte die Stirn noch mehr und kniff die
Augen zusammen. "Also, du meinst, dass der Staat nicht mehr

sagt, was die Leute glauben sollen?" Der Fremde nickte zustimmend. "Genau, du hast es verstanden!"

Der Schildbürger kratzte sich nachdenklich am Kinn. "Also, wenn ich das richtig verstehe, bedeutet das, dass ich weiterhin jeden Morgen zum Markt gehen kann, um meine Hühner zu verkaufen, ohne dass jemand mir sagt, dass ich das nicht tun darf, weil es gegen die Regeln einer bestimmten Religion verstößt?" Der Fremde nickte erneut. "Genau das bedeutet Säkularisierung!"

Ein breites Grinsen breitete sich auf dem Gesicht des Schildbürgers aus. "Nun, das klingt ja nach einer großartigen Idee! Vielleicht sollten wir das hier im Schildbürgerland auch einführen. Dann können wir alle unsere Hühner in Ruhe verkaufen, ohne uns Gedanken darüber machen zu müssen, ob das irgendwelchen göttlichen Vorschriften widerspricht!"

Beistimmendes Gemurmel aus der Schildbürgerschaft.

„Ach, wie herrlich wenn sich das Geistestor für einen kurzen Moment öffnet!" so der Wiehner, bevor er in seinem Monolog fortfuhr: „Statt des guten alten Christbaums am Wiehner Rathausplatz könnte bald schon der prächtige Halbmond seine strahlende Präsenz entfalten. Eine wirklich stimmige Entscheidung, wenn man bedenkt, wer mittlerweile die Mehrheit in Wiehn stellt. Und wissen Sie was? In Ondon haben sie bereits einen Schritt weiter gemacht und die Ramadan-Beleuchtung, wie sie bereits hörten. in einer prächtigen Einkaufsstraße installiert.

Stellen Sie sich doch einmal vor, wie Sie sich fühlen würden, wenn Sie gerade durch die Straßen Ondons schlendern und plötzlich von dieser strahlenden Ramadan-Beleuchtung umgeben wären. Genauso, wie ich mich fühle, wenn ich durch die Menschenmassen drängele und eigentlich gar nicht mehr laufen will, sondern nur noch flüchten, am besten schwer bewaffnet, weil ich Angst habe, überfallen zu werden - oder schlimmer noch, in die gefürchteten Pariser Vororte zu geraten. Das, meine Damen und Herren, ist die neue Leitkultur Deuropas. Sie schlägt genauso hart und unnachgiebig in Ondon zu wie hier in Wiehn.

Ach, wie großzügig sind doch unsere Bischöfe in Schildbürgerland! Sie nehmen das Brustkreuz ab, nur um ja keine unserer lieben Gäste zu beleidigen, die zu uns gekommen sind. Denn das letzte, was wir wollen, ist, dass sich jemand in unserem Land unwohl fühlt, nicht wahr? Also warum nicht gleich unsere eigene Kultur, Identität und Religion über Bord werfen? Lasst uns einfach die ihre übernehmen! Das ist doch eine absolut logische Schlussfolgerung, oder? Diese Linie verfolgen wir schon seit Jahrzehnten - die Linie des perfekten Untertanen, der Diktatur der Dummen. Denn wir sind die Dummen, die alles im Namen der Toleranz hergeben.

Und dann schlagen wir die Zeitung auf, blättern durch die Chronik und sehen die Segnungen der Kulturbereicherung. Das muss man nicht weiter erläutern. Was mich jedoch wirklich überrascht, ist, dass es immer noch Menschen gibt, die sich darüber wundern.

Ein allgemeines Gemurmel ging durch die Reihen der
Versammelten. Die einen fanden dass es die Situation
zutreffend beschrieben, während andere doch an der einen oder
anderen Stelle bedenken hatten.

Der Prediger

Bevor jedoch das Thema weiter erörtert werden konnte meldete sich der Prediger. Nein er war kein Prediger, dennoch nannte man ihn so, da er viel über den Glauben redete. Einige der Anwesenden kannten ihn aus den regelmäßigen Besuchen in dem Gebetshaus. Er ist kritisch gegenüber der Veränderung von Ramadan-Traditionen und betont die Gefahr, dass die spirituelle Bedeutung des Ramadan durch weltliche Elemente verloren geht und dazu gehören sicherlich auch die Festlichkeiten wie Happy Ramadan.

Der Prediger: „In 20-30 Jahren könnten wir bereits die Folgen einer Veränderung spüren, die jetzt beginnt. Der Ramadan verliert seinen spirituellen Kern, wenn wir zulassen, dass er zu einem kommerziellen Ereignis wird. Schon sehen wir spezielle Produkte und Dekorationen, die eher an einen Marketing-Event erinnern. Dieser Weg könnte uns von der wahren Bedeutung des Ramadan und des Uslams entfernen. Unsere Kinder dürfen den Ramadan nicht als Zeit des Konsums erleben, sondern müssen seine spirituelle Tiefe verstehen. Es ist wichtig, zu Hause eine Atmosphäre des Glaubens zu schaffen, in der Gebete und religiöse Praktiken im Mittelpunkt stehen. Wir müssen vermeiden, dass der Ramadan und andere religiöse Zeiten ihre eigentliche Botschaft verlieren und zu bloßen Festen der Unterhaltung werden. Der Schutz der wahren Lehren des Glaubens liegt in unserer Hand; wir dürfen nicht zulassen, dass sie durch kommerzielle Einflüsse verdünnt werden."

Uslamische Praktiken

Daraufhin meldet der bekannte Rechtsanwalt Rechtig:

„Es ist eine interessante Überlegung, die Rolle der Religion in
der modernen Gesellschaft neu zu bewerten. Als eine Person,
die sich selbst als ungläubig und säkular beschreibt, sehe ich
dennoch den Wert darin, religiösen Glaubenssystemen einen
gewissen Stellenwert einzuräumen. Dabei geht es nicht bloß
um oberflächliche Aspekte wie touristische Anziehungspunkte,

sondern um tiefgreifendere Debatten, die in Schildbürgerland
geführt werden. Beispielsweise die Frage, inwiefern die
Scharia mit dem Bürgerlichen Gesetzbuch in Einklang gebracht
werden könnte. Überraschenderweise beschäftigen sich nicht
nur streng gläubige Usline, sondern auch deutsche Juristen mit
diesem Thema, was sich in zahlreichen Fachaufsätzen
widerspiegelt.

Ein weiteres Beispiel für die wachsende Präsenz uslamischer
Praktiken in der Gesellschaft sind Halal-Kredite, die den
Zinsverboten des Glaubens Rechnung tragen, oder Halal-
Reisen. Diese Entwicklungen werfen die Frage auf, ob es sich
dabei um eine Form der kulturellen Aneignung handelt, wenn
nicht-uslimische Gesellschaftsteile uslamische Praktiken
übernehmen. Trotz der Bedenken finde ich, dass ein Versuch in
diese Richtung durchaus lohnenswert sein könnte.

Die Idee, dass wir im Jahr 1443 nach uslamischem Kalender
leben und möglicherweise unsere Zeitrechnung anpassen
könnten, ist faszinierend. Es wirft ein Licht auf die
Möglichkeiten, die entstehen könnten, wenn wir historische
Perspektiven und religiöse Kalender berücksichtigen. Die
Vorstellung, dass dies zu einer Renaissance führen könnte,
ähnlich wie die Wiederkehr von Persönlichkeiten wie
Gutenberg oder Luther, mag weit hergeholt sein, doch
symbolisiert sie das Potential einer Gesellschaft, die durch
historische und religiöse Vielfalt bereichert wird.

Mit erhobenem Zeigefinger meldet sich dazu ein Buchhändler.
Da etliche Schildbürger ihre Bücher in seinem Buchladen
kaufen, ist er kein Unbekannter.

Der Buchhändler teilte den Schildbürgern mit, dass der
Ramadan für Usline eine Zeit von besonderer spiritueller

Bedeutung ist, da er an die Offenbarung des Buches vom Propheten erinnert.

„Während des Ramadan fasten Usline weltweit von Sonnenaufgang bis Sonnenuntergang. Dieser heilige Monat im Glauben ist gekennzeichnet durch Fasten, Gebet, Reflexion und Gemeinschaft. Der Ramadan basiert auf dem uslamischen Mondkalender, was dazu führt, dass er sich jedes Jahr verschiebt. In diesem Jahr dauert der Ramadan vom 10. März bis zum 9. April, gefolgt von Eid al-Fitr, dem Fest des Fastenbrechens, das mit Gebeten und Festmählern gefeiert wird.

Der Ramadan erinnert an die Herabsendung des Buches an den Propheten und ist eine Zeit der spirituellen Erneuerung und verstärkten Hingabe. Während des Fastenmonats sind von Sonnenaufgang bis Sonnenuntergang nicht nur Essen und Trinken, sondern auch Rauchen und geschlechtliche Beziehungen untersagt. Nach Sonnenuntergang sind diese Aktivitäten wieder erlaubt, was zu nächtlichen Festmählern führt.

Einige Ansichten heben hervor, dass im Buch Passagen existieren, die sich kritisch mit Nicht-Uslinen auseinandersetzen. Im Buch gibt es sehr viele feindselig wirkende Verse über die sogenannten Ungläubigen, also alle die nicht den Glauben als Religion, wie haben, deren Anteil über die Hälfte des ess etwa 64% behandeln. Diese Interpretationen haben in verschiedenen Kontexten zu Diskussionen geführt. Es ist wichtig zu betonen, dass der

besagte Glauben, wie viele Weltreligionen, ein breites
Spektrum an Auslegungen und Praktiken umfasst.

Historisch gesehen gibt es bedeutende Ereignisse, die während
des Ramadans stattfanden, wie zum Beispiel die Schlacht von
Badr im Jahr 624, die als Wendepunkt in der frühen
uslamischen Geschichte gilt. Diese Ereignisse haben für viele
Gläubige eine tiefe historische und spirituelle Bedeutung. Auch
haben sich einige Extremisten auf den Ramadan bezogen, um
ihre Aktionen zu rechtfertigen. Es ist allerdings entscheidend,
zwischen der überwältigenden Mehrheit der Usline, die den
Ramadan als eine Zeit des Friedens und der Selbstreflexion
sehen, und den Handlungen einer extremen Minderheit zu
differenzieren.

Die Diskussion um den Ramadan und seine Bedeutung in
nicht-uslimischen Ländern weist, wie wir an den bisherigen
Diskussionen gesehen haben auf die Notwendigkeit hin, ein
tieferes Verständnis verschiedener kultureller und religiöser
Praktiken zu entwickeln und den Dialog und das gegenseitige
Verständnis in einer pluralistischen Gesellschaft zu fördern.“

„Wenn wir von Dialog sprechen“, schaltet sich Professorin
Usanne Röter, in die Diskussion ein; „Fassen wir zusammen,
was hier in unserer Stadt geschieht! Da hat doch tatsächlich
jemand beschlossen, eine Menge Geld für eine Festbeleuchtung
während des Ramadan auszugeben. Und wisst ihr, warum? Die
Bürgermeisterin meint doch glatt, das sei ein Zeichen des

Miteinanders, gegen Vorbehalte, gegen Diskriminierung, gegen antiuslimischen Rassismus und sogar gegen Antisemitismus!

Grüne Einfalt oder religiöse Vielfalt

Aber halt, da gibt's eine kleine Unstimmigkeit. Warum kriegen denn andere Gruppen hier in der Stadt kein Staatssponsoring? Rankfurt ist eine bunte Stadt, da leben nicht nur Usline, sondern auch Christen, Uden, Buddhisten, Hindus und andere. Aber von staatlicher Unterstützung für deren Feste ist keine Spur! Hm, irgendwas riecht hier doch faul, oder?

Leider ist es so, dass, etliche Usline in Form uslamistischer Akteure und Vereinigungen eher als Problem für das gedeihliche Zusammenleben aufgefallen sind. Sogar im "Rat der Religionen", wo man eigentlich friedlich über Glaubensfragen reden sollte, haben sie für Ärger gesorgt. Die Üdische Gemeinde ist deswegen sogar ausgetreten! Und kennt ihr die Betonpfeiler in der Fußgängerzone, auch in Rankfurt? Die sind da, um uns vor gewaltbereiten Aktivisten zu schützen.

Für diejenigen, welche über das Thema genauer nachdenken, stellt sich doch eindeutig die Frage: Ist das ganze Getue um die Ramadan-Beleuchtung vielleicht ein Versuch, die Probleme unter den Teppich zu kehren? Der Politikwissenschaftler Hamed Abdel-Samad meint ja, dass solche Anerkennungsveranstaltungen eher für Zündstoff sorgen, statt was Gutes zu bewirken. In London gibt es schon uslamistische

Machtdemonstrationen und aggressiver uslimischer
Antisemitismus hat Hochkonjunktur. Na, das wollen wir doch
hier nicht auch haben, oder?

Und dann die ganzen Zugeständnisse, die wir machen! Kein
Schweinefleisch mehr in Schulen, Martinsumzüge werden
umbenannt, und anstatt von Weihnachtswünschen soll man
jetzt "seasonal greetings" sagen. Klingt ja wie aus einem
Roman, oder? Unsere Gesellschaft passt sich wohl lieber an,
als sich gegen den Strom zu stemmen.

Die Bürgermeisterin sagt, wir sollen die positiven Seiten sehen
und das Kritische mal hinten anstellen. Tja, da fragt man sich
doch, ob das nicht ein Schachzug ist, um die Probleme zu
vertuschen. Wer da noch zweifelt, wird gleich als uslamophob
oder rassistisch abgestempelt. Und der Rote Politiker Mar
Hehada springt gleich mit auf den Zug auf. Na, wenn das mal
nicht eine schöne Comedy-Show ist!

Nun, das ist ja mal eine Enthüllung, Leute! Die
Bürgermeisterin und ihre Roten-Freunde haben eine neue Story
am Start: Die Deutschen sind angeblich total anti-uslamistisch
eingestellt und müssen dringend umgedreht oder mit Knüppeln
ruhiggestellt werden. Um das zu beweisen, werden so
zweifelhafte Studien aus der Trickkiste gezogen, dass selbst der
wildeste Märchenonkel vor Neid erblassen würde.

Da haben wir zum Beispiel den Bericht von Ancy Aeser, der
2023 vom Bundesinnenministerium mit Pauken und Trompeten
veröffentlicht wurde. Für schlappe 1,5 Millionen Euro durfte
eine bunte Truppe aus Wissenschaftlern und Mitarbeitern von

uslimischen NGOs herausfinden, dass quasi die halbe
Bevölkerung hier im Land „antiuslimischen Rassismus" ihr
Eigennennt. Kritik an Uslamismus, kriminelle Clans oder der
Unterdrückung von Mädels in uslamischen Kreisen? Klarer
Fall von Rassismus, laut denen!

Und was schlagen sie vor? Na, die totale Gehirnwäsche
natürlich! Schulen, Kitas, Behörden, Medien, sogar die Justiz
sollen auf Linie gebracht werden. Lehrpläne und Schulbücher?
Es soll alles zensiert werden! Das Ganze natürlich im Namen
des "Kampfes gegen Rechts", wo alles, was nicht in das linke
Weltbild passt, pauschal als verdächtig abgestempelt und als
Rassismus gebrandmarkt wird.

Aber halt! Die Nummer ist voll in die Hose gegangen! Leute,
die als Uslamfeinde verleumdet wurden, haben auf eigene
Kosten geklagt, und Zack! Der Bericht ist vom Tisch. Aber
anstatt daraus zu lernen, machen die weiter wie bisher. Und
was macht unsere Bürgermeisterin in der Zwischenzeit? Sie
preist die Ramadan-Beleuchtung als Waffe gegen
Antisemitismus. Ernsthaft? Da fehlen einem doch glatt die
Worte!

Und als wäre das nicht schon absurd genug, marschierten am
ersten Tag des uslimischen Fastenmonats ein paar Aktivisten
mit Spruchtafeln unter der Festbeleuchtung durch die Stadt.
Das nenne ich mal eine Realsatire, Leute! Da kann selbst die
beste Comedy-Sendung einpacken!

Hier endet das Buch über die Schildbürger

Was spricht dafür, was dagegen:

Für die Förderung der kulturellen Vielfalt und Inklusion durch Ramadan-Beleuchtung
Für:

- **Anerkennung von Minderheiten:** Die festliche Beleuchtung zum Ramadan ist ein sichtbares Zeichen der Anerkennung und Wertschätzung uslimischer Bürgerinnen und Bürger in einer multikulturellen Gesellschaft. Sie sendet die Botschaft, dass alle Kulturen und Religionen Teil des gesellschaftlichen Gefüges sind und gleichberechtigt nebeneinander existieren können.

- **Erziehung zur Toleranz:** Durch die sichtbare Einbindung von kulturellen und religiösen Praktiken in das öffentliche Leben werden Bürger aller Altersgruppen zur Offenheit und Toleranz erzogen. Kinder lernen früh, die Vielfalt als Bereicherung zu sehen und nicht als Bedrohung.

- **Verbesserung des interkulturellen Verständnisses:** Die Beleuchtung bietet Anlass für interkulturelle Veranstaltungen, Workshops und Dialoge, die das Verständnis und den Respekt zwischen verschiedenen Glaubensgemeinschaften fördern können. Sie kann als Brücke dienen, die Neugier weckt und zum Austausch anregt.

Gegen:

- **Risiko der Kommerzialisierung:** Die kommerzielle Nutzung religiöser Feiertage könnte die eigentliche Bedeutung des Ramadan verwässern und den spirituellen Aspekt in den Hintergrund rücken. Es besteht die Gefahr, dass die Beleuchtung mehr als

Marketinginstrument denn als Mittel zur Förderung von Inklusion wahrgenommen wird.

- **Mögliche Gefühle der Ausgrenzung:** Während die Beleuchtung einerseits Inklusion fördert, könnte sie andererseits bei Angehörigen anderer Religionen oder Konfessionen, deren Feiertage keine vergleichbare öffentliche Würdigung erfahren, Gefühle der Ausgrenzung oder Benachteiligung hervorrufen.

- **Überbetonung religiöser Identitäten:** Die öffentliche Zurschaustellung religiöser Symbole könnte unbeabsichtigt zur Überbetonung religiöser Identitäten auf Kosten anderer gemeinsamer städtischer oder nationaler Identitäten führen. Dies könnte paradoxerweise die gesellschaftliche Spaltung eher vertiefen als überbrücken.

Fazit

Die Förderung kultureller Vielfalt und Inklusion durch Maßnahmen wie die Ramadan-Beleuchtung ist ein zweischneidiges Schwert. Einerseits bietet sie die Möglichkeit, Verständnis und Toleranz zu fördern und die Anerkennung von Minderheiten im öffentlichen Raum sichtbar zu machen. Andererseits birgt sie Risiken wie die mögliche Kommerzialisierung religiöser Praktiken, die Gefahr der Ausgrenzung anderer Glaubensgruppen und die Überbetonung religiöser Identitäten. Eine ausgewogene Herangehensweise erfordert daher einen sensiblen Umgang mit diesen

Herausforderungen und eine offene Diskussion über die bestmögliche Integration solcher Maßnahmen in das öffentliche Leben.

Die Stärkung des sozialen Zusammenhalts durch festliche Beleuchtung zum Ramadan in einer multikulturellen Gesellschaft kann unterschiedliche Perspektiven und Meinungen hervorrufen. Hier sind einige Argumente für und gegen diesen Ansatz:

Für die Stärkung des sozialen Zusammenhalts
Für:

- **Gemeinschaftsgefühl:** Festliche Beleuchtungen zu religiösen Anlässen wie dem Ramadan können ein starkes Gefühl der Gemeinschaft und Zugehörigkeit unter den Angehörigen dieser Religion fördern. Sie fühlen sich anerkannt und in die gesellschaftliche Gemeinschaft integriert.

- **Brücken bauen:** Die Einbeziehung und Feier religiöser Feste aller in einer Gesellschaft vertretenen Religionen kann als Brücke zwischen verschiedenen Glaubensgruppen dienen. Sie bietet eine Plattform für den Austausch und das gegenseitige Verständnis und fördert somit den interreligiösen Dialog.

- **Teilhabe und Engagement:** Durch die öffentliche Würdigung von religiösen Festen können Bürgerinnen

und Bürger unterschiedlicher Herkunft angeregt
werden, sich aktiv am gesellschaftlichen Leben zu
beteiligen. Dies kann das Gefühl der Entfremdung
verringern und zu einem stärkeren Engagement in der
lokalen Gemeinschaft führen.

Gegen:

- **Mögliches Gefühl der Exklusivität:** Wenn bestimmte
religiöse Feste öffentlich gefeiert werden, während
andere unberücksichtigt bleiben, könnte dies bei den
nicht einbezogenen Gruppen zu Gefühlen der
Exklusivität oder Vernachlässigung führen. Dies kann
den gegenteiligen Effekt haben und den sozialen
Zusammenhalt schwächen.

- **Betont Unterschiede statt Gemeinsamkeiten:** Obwohl
die Absicht die Förderung von Vielfalt und Inklusion
ist, könnte die Betonung religiöser Unterschiede durch
öffentliche Feierlichkeiten die vorhandenen
Unterschiede zwischen den Gruppen eher hervorheben
und bestärken, anstatt ein gemeinsames Identitätsgefühl
zu fördern.

- **Risiko der Politisierung:** Die Auswahl, welche
religiösen Feste öffentlich gefeiert werden, kann
politisiert werden und zu Debatten führen, die den
sozialen Zusammenhalt untergraben. Die Entscheidung,
bestimmte Feste zu beleuchten, könnte als Bevorzugung
einer Gruppe über eine andere interpretiert werden, was
zu Spannungen führen kann.

Fazit

Die Idee, den sozialen Zusammenhalt durch die öffentliche Feier von religiösen Festen wie dem Ramadan zu stärken, hat sowohl potenziell positive als auch negative Auswirkungen. Einerseits kann sie das Gefühl der Inklusion und des gegenseitigen Respekts innerhalb der multikulturellen Gemeinschaft fördern und die gesellschaftliche Integration unterstützen. Andererseits besteht die Gefahr, dass sie bestehende Differenzen betont, bestimmte Gruppen ausschließt und so letztlich den sozialen Zusammenhalt gefährdet. Eine sorgfältige Abwägung dieser Faktoren und die Einbeziehung aller Gemeinschaften in den Entscheidungsprozess sind daher essentiell, um die positiven Effekte zu maximieren und potenzielle Negativeffekte zu minimieren.

Die Einführung festlicher Beleuchtung zum Ramadan in städtischen Gebieten kann unterschiedliche wirtschaftliche Auswirkungen haben, die sowohl positive als auch negative Aspekte beinhalten. Hier ist eine detaillierte Betrachtung:

Positive wirtschaftliche Auswirkungen
Für:

- **Steigerung des lokalen Handels:** Festliche Beleuchtungen können Touristen und Einheimische anziehen, was zu einem erhöhten Kundenverkehr in den Geschäften führt. Restaurants, Einzelhandelsgeschäfte und andere Dienstleister in der Nähe der beleuchteten

Bereiche können von den zusätzlichen Einnahmen profitieren.

- **Förderung des Tourismus:** Einzigartige und ansprechende Lichtinstallationen können als Touristenattraktion dienen. Besucher, die speziell kommen, um die Beleuchtung zu sehen, tragen zu den lokalen Wirtschaft durch Ausgaben für Unterkunft, Verpflegung und Einkäufe bei.

- **Positive Außendarstellung der Stadt:** Die Investition in eine inklusive und vielfältige Feier kultureller Ereignisse verbessert das Image einer Stadt oder Gemeinde. Dies kann langfristige wirtschaftliche Vorteile durch die Anziehung von Investitionen und die Erhöhung des kulturellen Kapitals haben.

Gegen:

- **Kosten für die Stadtverwaltung:** Die Installation und Wartung festlicher Beleuchtung kann erhebliche Kosten verursachen. Diese Ausgaben müssen von der Stadtverwaltung oder lokalen Behörden getragen werden, was zu einer Umverteilung von Ressourcen führen kann, die möglicherweise anderswo benötigt werden.

- **Temporärer Effekt:** Während festliche Beleuchtungen kurzfristig zu einem wirtschaftlichen Aufschwung führen können, ist dieser Effekt oft temporär. Nach dem

Ende der Feierlichkeiten kann der zusätzliche
wirtschaftliche Impuls schnell nachlassen.

- **Ungleichheit in der wirtschaftlichen Entwicklung:**
  Die Konzentration auf bestimmte Bereiche durch
  festliche Beleuchtung kann zu einer ungleichen
  wirtschaftlichen Entwicklung führen. Während einige
  Gebiete profitieren, könnten andere, die nicht
  einbezogen werden, vernachlässigt werden, was
  bestehende wirtschaftliche Disparitäten verstärken
  kann.

Fazit

Die Einführung festlicher Beleuchtung zum Ramadan hat das
Potenzial, positive wirtschaftliche Effekte zu erzielen, indem
sie den lokalen Handel belebt, den Tourismus fördert und das
Image der Stadt verbessert. Diese Maßnahmen können
allerdings auch mit erheblichen Kosten verbunden sein und zu
Ungleichheiten in der wirtschaftlichen Entwicklung führen.
Die Entscheidung für eine solche Initiative erfordert daher eine
sorgfältige Abwägung der Kosten und Nutzen sowie
strategische Planungen, um die positiven Auswirkungen zu
maximieren und negative Effekte zu minimieren.

Die Frage der festlichen Beleuchtung zum Ramadan in
öffentlichen Räumen berührt das Thema der Trennung von
Staat und Religion. Hier eine detaillierte Betrachtung der
Argumente dafür und dagegen:

Für die Trennung von Staat und Religion
Gegen festliche Beleuchtung:

- **Prinzipielle Neutralität:** Der Staat sollte in religiösen Angelegenheiten neutral bleiben, um die Freiheit und Gleichheit aller Bürgerinnen und Bürger unabhängig von ihrer religiösen Zugehörigkeit zu gewährleisten. Die Finanzierung und Unterstützung spezifischer religiöser Feiern durch öffentliche Mittel könnte als Verletzung dieser Neutralität wahrgenommen werden.

- **Präzedenzfall:** Die Unterstützung einer religiösen Feier könnte die Tür für Forderungen nach staatlicher Anerkennung und Unterstützung anderer religiöser und kultureller Feste öffnen, was zu einer komplexen Debatte über die Grenzen der staatlichen Beteiligung in religiösen Angelegenheiten führen kann.

- **Risiko der Ausgrenzung:** Die Bevorzugung bestimmter religiöser Praktiken kann bei Angehörigen anderer Religionen oder bei Menschen ohne religiöse Zugehörigkeit zu Gefühlen der Ausgrenzung oder Benachteiligung führen.

Gegen die strikte Trennung von Staat und Religion
Für festliche Beleuchtung:

- **Förderung der Vielfalt:** Die Anerkennung und Feier kultureller und religiöser Vielfalt durch öffentliche Aktionen kann ein Zeichen der Inklusion und des Respekts gegenüber verschiedenen Gemeinschaften sein. Es zeigt, dass der Staat die kulturelle und religiöse Identität seiner Bürgerinnen und Bürger wertschätzt.

- **Integration durch Anerkennung:** Das öffentliche Feiern religiöser Feste kann zur sozialen Integration beitragen, indem es den Gemeinschaftssinn stärkt und das Verständnis und den Respekt zwischen verschiedenen kulturellen und religiösen Gruppen fördert.

- **Flexible Anwendung des Prinzips:** Eine flexible Handhabung der Trennung von Staat und Religion kann es ermöglichen, das kulturelle Erbe und die religiösen Traditionen innerhalb eines säkularen Rahmens zu würdigen, ohne die Grundprinzipien der Trennung zu verletzen. Staatliche Unterstützung muss nicht zwangsläufig eine Bevorzugung oder Indoktrination bedeuten, sondern kann im Sinne einer pluralistischen Gesellschaft interpretiert werden.

Fazit

Die Debatte um die festliche Beleuchtung zum Ramadan im Kontext der Trennung von Staat und Religion reflektiert grundlegende Spannungen zwischen den Prinzipien der Neutralität des Staates, der kulturellen Vielfalt und der sozialen Integration. Eine sorgfältige Abwägung dieser Prinzipien ist erforderlich, um eine Balance zu finden, die die Rechte und Freiheiten aller Bürgerinnen und Bürger respektiert, die

kulturelle und religiöse Vielfalt fördert und den sozialen
Zusammenhalt stärkt.

Die Einführung festlicher Beleuchtung zum Ramadan in einer
Straße kann verschiedene Perspektiven bezüglich der
potenziellen Ausgrenzung anderer Glaubensgemeinschaften
aufwerfen. Hier eine detaillierte Untersuchung der Argumente
dafür und dagegen:

Argumente gegen festliche Beleuchtung zum Ramadan (Bezüglich Ausgrenzung anderer Glaubensgemeinschaften)
Für die Berücksichtigung der Ausgrenzung:

- **Gefühl der Vernachlässigung:** Die spezifische
  Anerkennung einer religiösen Gruppe durch öffentliche
  Mittel oder Aktionen könnte bei Angehörigen anderer
  Glaubensgemeinschaften das Gefühl hervorrufen,
  weniger beachtet oder wertgeschätzt zu werden. Dies
  könnte besonders in multi-religiösen Gesellschaften zu
  Spannungen führen.

- **Gleichbehandlungsgrundsatz:** Ein wesentliches
  Prinzip in pluralistischen Gesellschaften ist die
  Gleichbehandlung aller religiösen und
  weltanschaulichen Gemeinschaften durch den Staat.
  Eine bevorzugte Behandlung einer spezifischen Gruppe
  könnte als Verstoß gegen dieses Prinzip wahrgenommen
  werden und das Gefühl der Ungleichheit verstärken.

* **Risiko der Segmentierung:** Die besondere
  Hervorhebung einzelner religiöser Feste könnte zur
  Fragmentierung der Gesellschaft beitragen, indem sie
  Grenzen zwischen verschiedenen
  Glaubensgemeinschaften verstärkt, anstatt ein Gefühl
  der gemeinschaftlichen Zugehörigkeit zu fördern.

Argumente für festliche Beleuchtung zum Ramadan (Trotz Bedenken hinsichtlich Ausgrenzung)

Gegen die Betonung der Ausgrenzung:

* **Anerkennung als Integrationsschritt:** Das öffentliche
  Feiern von Festen verschiedener
  Glaubensgemeinschaften kann ein Zeichen der
  Anerkennung und Wertschätzung sein, das zur sozialen
  Integration beiträgt. Es zeigt, dass die Gesellschaft die
  Vielfalt ihrer Mitglieder anerkennt und schätzt.

* **Pädagogischer Wert:** Die öffentliche Darstellung und
  Feier kultureller und religiöser Vielfalt bietet eine
  Lernmöglichkeit für die gesamte Bevölkerung. Sie
  fördert das Verständnis und den Respekt für
  unterschiedliche Traditionen und Glaubensrichtungen.

* **Chance zur Inklusion durch Rotation:** Eine mögliche
  Lösung für das Problem der Ausgrenzung könnte in der
  rotierenden Anerkennung verschiedener religiöser und
  kultureller Feste liegen. Indem jede
  Glaubensgemeinschaft zu ihrem wichtigen Fest

öffentliche Anerkennung erfährt, könnten Gefühle der Ausgrenzung minimiert werden.

Fazit

Die Einführung festlicher Beleuchtung zum Ramadan und die damit verbundene Sorge um die potenzielle Ausgrenzung anderer Glaubensgemeinschaften erfordert eine sorgfältige Abwägung. Während es wichtig ist, keine Gruppe zu bevorzugen oder zu vernachlässigen, kann die öffentliche Anerkennung kultureller und religiöser Vielfalt ein wichtiger Schritt zur Förderung von Integration, Verständnis und sozialem Zusammenhalt sein. Eine inklusive und rotierende Anerkennung verschiedener Feste könnte einen ausgewogenen Ansatz bieten, der die Vorteile der Vielfalt maximiert, während potenzielle Nachteile minimiert werden.

Die finanziellen Aspekte der Einführung festlicher Beleuchtung zum Ramadan können verschiedene Überlegungen und Argumente hervorrufen. Hier eine ausführlichere Betrachtung der Vor- und Nachteile:

Argumente für die Einführung festlicher Beleuchtung zum Ramadan
Für finanzielle Bedenken:

- **Wirtschaftliche Impulse:** Die festliche Beleuchtung zum Ramadan kann zu einem Anstieg des lokalen Handels und des Tourismus führen. Durch die

Anziehung von Besuchern zu den beleuchteten
Bereichen können lokale Unternehmen von
zusätzlichen Einnahmen profitieren, was sich langfristig
positiv auf die lokale Wirtschaft auswirken kann.

- **Image-Verbesserung:** Investitionen in die
Festlichkeiten zum Ramadan können das Image einer
Stadt oder Gemeinde verbessern und sie als weltoffen
und tolerant positionieren. Dies kann sich wiederum
positiv auf den Tourismus und die
Investitionsbereitschaft auswirken, was langfristig
wirtschaftliche Vorteile bringen kann.

- **Gemeinschaftsbindung:** Die Finanzierung festlicher
Beleuchtung zum Ramadan kann als Investition in den
sozialen Zusammenhalt interpretiert werden. Indem die
Stadt oder Gemeinde die Feierlichkeiten unterstützt,
zeigt sie ihre Anerkennung und Wertschätzung für die
uslimische Gemeinschaft, was zu einer Stärkung des
Gemeinschaftsgefühls führen kann.

Argumente gegen die Einführung festlicher Beleuchtung zum Ramadan

Gegen finanzielle Bedenken:

- **Kostenbelastung:** Die Installation und Wartung
festlicher Beleuchtung kann erhebliche Kosten
verursachen, die von der Stadt oder Gemeinde getragen
werden müssen. In Zeiten knapper öffentlicher Mittel
könnten diese Kosten als unnötig oder

unverhältnismäßig angesehen werden, insbesondere wenn sie auf Kosten anderer dringender Bedürfnisse gehen.

- **Priorisierung von Ressourcen:** Die finanziellen Mittel, die für die Festlichkeiten zum Ramadan aufgewendet werden, könnten möglicherweise für dringendere Bedürfnisse der Gemeinschaft, wie Bildung, Gesundheitsversorgung oder Infrastruktur, verwendet werden. Die Frage, ob die Investitionen in die festliche Beleuchtung die besten Ergebnisse für die gesamte Gemeinschaft erzielen, muss sorgfältig abgewogen werden.

- **Gefahr der Abhängigkeit:** Wenn die Stadt oder Gemeinde jedes Jahr festliche Beleuchtung zum Ramadan finanziert, könnte dies eine Erwartungshaltung schaffen, die schwer zu erfüllen ist. Es besteht die Gefahr, dass die uslimische Gemeinschaft von staatlicher Unterstützung abhängig wird, anstatt eigenständige Feierlichkeiten zu organisieren.

Fazit

Die finanziellen Aspekte der Einführung festlicher Beleuchtung zum Ramadan erfordern eine sorgfältige Abwägung der potenziellen Vor- und Nachteile. Während Investitionen in die Feierlichkeiten positive wirtschaftliche Impulse und Image-Verbesserungen bringen können, müssen die Kosten und

Prioritäten der Gemeinschaft berücksichtigt werden. Eine transparente Diskussion und eine sorgfältige Planung sind notwendig, um sicherzustellen, dass die finanziellen Ressourcen der Gemeinschaft effektiv und gerecht eingesetzt werden.

Wenn öffentliche Maßnahmen zu Kultur und insbesondere zu Religion von amtlicher Seite getroffen werden, was eigentlich nicht in den Kompetenzbereich dieser Verantwortlichen gehört, wäre es sinnvoll sich mit den geplanten Maßnahmen auch aus ethnologischer Sicht zu befassen. Die Analyse solcher Maßnahmen aus ethnologischer Sicht ist äußerst sinnvoll aus verschiedenen Gründen:

1. **Kulturelle Sensibilität:** Ethnologische Analysen helfen dabei, kulturelle Sensibilität zu entwickeln und zu verstehen, wie bestimmte Maßnahmen von verschiedenen Bevölkerungsgruppen wahrgenommen und interpretiert werden könnten. Dies ist besonders wichtig in Gesellschaften mit kultureller Vielfalt, um Konflikte und Missverständnisse zu vermeiden.

2. **Identifikation potenzieller Konflikte:** Ethnologische Untersuchungen können potenzielle Konflikte oder Widerstände gegen geplante Maßnahmen aufzeigen, die auf kulturelle Unterschiede zurückzuführen sind. Dies ermöglicht es den Planern, präventive Maßnahmen zu ergreifen oder alternative Lösungen zu finden, um diese Konflikte zu minimieren.

3. **Berücksichtigung von Traditionen und Bräuchen:**
   Ethnologen untersuchen die kulturellen Traditionen und
   Bräuche einer Gesellschaft. Durch die Berücksichtigung
   dieser Aspekte können Maßnahmen entwickelt werden,
   die die lokalen Traditionen respektieren und integrieren,
   anstatt sie zu ignorieren oder zu beeinträchtigen.

4. **Förderung von Integration und Zusammenarbeit:**
   Eine ethnologische Analyse kann dazu beitragen,
   Maßnahmen zu entwickeln, die die Integration und
   Zusammenarbeit zwischen verschiedenen
   Bevölkerungsgruppen fördern. Indem man die
   Bedürfnisse und Perspektiven aller Gruppen
   berücksichtigt, können Programme entwickelt werden,
   die auf die Förderung des sozialen Zusammenhalts und
   der gegenseitigen Unterstützung abzielen.

5. **Optimierung von Ressourcen:** Durch eine fundierte
   ethnologische Analyse können Ressourcen effizienter
   eingesetzt werden, da sie dazu beiträgt, die Bedürfnisse
   und Prioritäten der betroffenen Bevölkerungsgruppen
   besser zu verstehen. Dies hilft, unnötige Ausgaben zu
   vermeiden und sicherzustellen, dass die Maßnahmen
   den größtmöglichen Nutzen bringen.

Insgesamt kann eine ethnologische Analyse dazu beitragen,
dass geplante Maßnahmen besser auf die Bedürfnisse, Werte
und kulturellen Kontexte der betroffenen Gemeinschaften
abgestimmt sind. Sie fördert die kulturelle Sensibilität,

minimiert potenzielle Konflikte und trägt dazu bei, dass die Maßnahmen effektiver und nachhaltiger sind.

Aus ethnologischer Sicht gibt es einige Aspekte, die relevant für die Diskussion über die Einführung festlicher Beleuchtung zum Ramadan sind. Hier sind einige davon:

1. **Kulturelle Vielfalt und Interaktion:** Ethnologen untersuchen die verschiedenen kulturellen Praktiken und Traditionen, die in einer Gesellschaft existieren. Die Einführung festlicher Beleuchtung zum Ramadan kann als ein Beispiel für die Interaktion verschiedener kultureller und religiöser Gruppen betrachtet werden. Ethnologen analysieren, wie diese Interaktionen den sozialen Zusammenhalt beeinflussen und zur Integration oder möglicherweise zur Fragmentierung der Gesellschaft beitragen können.

2. **Symbolik und Bedeutung von Ritualen:** Ethnologen interessieren sich für die symbolische Bedeutung von Ritualen und Festen in verschiedenen Kulturen. Die Einführung festlicher Beleuchtung zum Ramadan kann als rituelle Handlung betrachtet werden, die tiefe Bedeutungen und Werte innerhalb der uslimischen Gemeinschaft sowie in der Gesellschaft insgesamt repräsentiert. Ethnologische Untersuchungen können

dazu beitragen, diese symbolische Bedeutung zu verstehen und zu interpretieren.

3. **Identität und Zugehörigkeit:** Ethnologen analysieren auch, wie kulturelle Praktiken zur Konstruktion von Identität und Zugehörigkeit beitragen. Die Einführung festlicher Beleuchtung zum Ramadan kann dazu beitragen, die uslimische Identität zu stärken und ein Gefühl der Zugehörigkeit innerhalb der uslimischen Gemeinschaft zu fördern. Gleichzeitig können ethnologische Untersuchungen aufzeigen, wie diese Maßnahmen die Identität und Zugehörigkeit anderer Gruppen beeinflussen können und ob sie zu Gefühlen der Ausgrenzung oder Inklusion führen.

4. **Macht und Politik der Repräsentation:** Ethnologen betrachten auch die Machtstrukturen und politischen Dimensionen kultureller Repräsentation. Die Entscheidung einer Regierung oder einer lokalen Verwaltung, festliche Beleuchtung zum Ramadan einzuführen, kann als politischer Akt betrachtet werden, der die Beziehungen zwischen verschiedenen religiösen und kulturellen Gruppen in einer Gesellschaft beeinflusst. Ethnologische Untersuchungen können dazu beitragen, die politischen Motivationen und Auswirkungen solcher Entscheidungen zu verstehen.

Insgesamt bieten ethnologische Perspektiven einen wichtigen Rahmen für die Analyse und Interpretation der Einführung festlicher Beleuchtung zum Ramadan sowie für die Bewertung

ihrer Auswirkungen auf die soziale Dynamik und kulturelle
Vielfalt einer Gesellschaft.

Weitere Schildbürger-Bücher

Unsere Gesellschaften sind im stetigen Wandel und so manches könnte als ein wenig verrückt angesehen werden. Aus diesem Grund werden weitere abenteuertliche Geschichten im Schildbürger-Stil entstehen.

Bisher erschienen sind:

Die Schildbürger im Wokeness-Wahn
Absurde Geschichten und satirische Einblicke

Softcover ISBN: 978-3-384-16724-8
Hardcover ISBN: 978-3-384-16725-5
E-Book ISBN: 9783759205742

Die Schildbürger anno dazumal - Sonderedition
Eine moderne Neuerzählung für alle Altersgruppen -
Sonderedition mit
entzückenden Pixelgrafiken in **Farbe**

Sonderedition in Farbe:
ISBN Softcover 978-3-384-08679-2
ISBN Hardcover 978-3-384-08680-8
ISBN E-Book 978-3-384-08681-5

Die preiswertere Ausgabe <u>ohne</u> Farbdruck finden Sie als:
Das Schildbürger Buch anno dazumal
Eine moderne Neuerzählung der Schildbürger für alle
Altersgruppen - mit entzückenden
Pixelgrafiken

ISBN Softcover 978-3-384-09050-8
ISBN Hardcover 978-3-384-09051-5

Weihnachtbaumverbot Kita: Die verrückten Entscheidungen der Schildbürger
Schildbürgerstreich Kindergarten: Wie der Weihnachtsbaum verbannt wurde

Softcover ISBN: 978-3-384-09801-6
Hardcover ISBN: 978-3-384-09802-3
E-Book ISBN: 978-3-384-09803-0

Impressum

Autor und Design
Holger Kiefer
Kopernikusstr. 14
D-90766 Fürth
0162-9291723
beratungholgerkiefer@gmx.de

Eine Reihe von Büchern für Erwachsene von mir
geschrieben finden sich auf:
https://heil-weg.de/verlag und auf https://kiefer-
coaching.de/verlag

Meine Bücher zu Themen der Gesundheit beim heil-weg.de/verlag:

Depressionen besser verstehen und überwinden für
Kinder Jugendliche Erwachsene

Marc Segar ich habe Asperger-Syndrom
Mein Leben, meine Erfahrung, wie man als Autist besser
überlebt

CBD-Öl zur Behandlung von Autismus – Studie bei
Autismus-Spektrum-Störung
Wenn Neuleptil, Abilify, Tavor bei Autismus-Spektrum-
Störungen nicht helfen

Autismus und Schlaf bei Autismus-Spektrum-Störungen
Studien zur Behandlung und Bewältigung von
Schlafproblemen mit Autismus-Spektrum-Störungen

Stammzelltherapie bei Autismus – Pro und Kontra:
Aktuelle Studien – S3-Leitlinie

Diagnose Insomnie – Schlafstörung
Neurodegenerative Erkrankung Schlafstörungen

So entsteht ein Mensch – von der Befruchtung bis zur
Geburt
Ratgeber Schwangerschaft – Alle Phasen der Entwicklung
von Mutter und Kind

Alkohol Krankheiten und ihre Folgen Krebs durch Alkohol
das Krebsrisiko Alkoholismus: Alkoholiker welche
Krebsarten löst Alkohol aus – Erfahrungen –
Informationen zu Alkoholsucht

Krebs durch Alkohol das Krebsrisiko – Welche Krebsarten
löst Alkohol aus – Erfahrungen – Informationen

Alkoholentzug und Entzugserscheinungen
Alkoholentzugssyndrom – Alkoholismus Alkoholentzug
Therapie bei Alkoholabhängigkeit

Alkohol gesundheitliche Folgen von Alkoholismus
körperliche Symptome und Auswirkungen auf die Psyche
– Alkoholismus Leitfaden für Fachkräfte

Ernährung für einen gesunden Darm – Empfohlene
Ernährungstipps für eine gesunde Verdauung nicht nur
bei Magen-Darmproblem

Basiswissen Alzheimer – Alzheimer Demenz, Symptome
und Hilfe für Angehörige

Schlafstörungen bei Alzheimer
Anzeichen für Alzheimer Schlafprobleme bewältigen –
Prävention, neue Medikamente und Studien

Erworbene Hirnverletzung Schädel Hirn Trauma SHT –
Gehirnverletzung Anzeichen Symptome Behandlung
Verlauf Folgen und Spätfolgen von Schädel Hirn Trauma

Abulie und Akinetischer Mutismus Symptome – Abulie
Mangel an Willenskraft Initiative Antriebslosigkeit
Langsamkeit des Denkens Bradyphrenie Sprachstörung

Gut zu wissen – so funktioniert das Gehirn. Die
Geheimnisse des Gehirns: Von der Hardware zur
Software des erfolgreichen Denkens

Das Schlaf Buch – Schlaf gut ohne Schlafprobleme
Schlaflosigkeit? – Endlich den Schlaf verbessern – nie
mehr Schlaflos bei Agrypnie, Insomnie und Hyposomnie

Das Rückenprobleme Buch – Rückenschmerzen was hilft
schnell – Heilverfahren TCM, Ayurveda, Übungen
zusätzlich Ursachen Ödeme und Psychosomatische
Beschwerden

Darmsanierung durch Darmflora Aufbau: Tipps zur
Darmkur

Powerfood für Kinder und Jugendliche: Gesunde
Ernährung für Kinder Ratgeber für Eltern
Der Ernährungsratgeber: Für Säuglinge und Kleinkinder,
Kinder und Jugendliche, Erwachsene, schwangere Frauen
und stillende Mütter sowie ältere Erwachsene

Alles über Sonnenbrand und Sonnenschutz
Bewährte Hausmittel bei Sonnenbrand und mehr

Philosophen über Zufriedenheit – Zitate
Philosophie Glück – Zufriedenheit lernen – Zufriedenheit
im Leben Zitate der bekanntesten Philosophen

Meine Bücher zu unterschiedlichen Themen beim kiefer-coaching.de/verlag:

Gratis Buch Kinderbuchkatalog

Horace das Einzigartige Nilpferd Eine Geschichte über Selbstakzeptanz
Das Buch Horace das Einzigartige Nilpferd ein Buch zum Vorlesen, Lesen und Ausmalen

Das Schildbürger Buch anno dazumal
Eine moderne Neuerzählung der Schildbürger für alle Altersgruppen – mit entzückenden Pixelgrafiken

Weihnachtbaumverbot Kita: Die verrückten Entscheidungen der Schildbürger
Schildbürgerstreich Kindergarten: Wie der Weihnachtsbaum verbannt wurde

Glücklich als Single 49 Tipps für Singles

Friedensnobelpreis 2023 für die iranische Aktivistin Narges Mohammadi

Abulie – Die verlorene Spur – Mein Kampf gegen den stillen Antriebsverlust

Manifestieren Sie ihre Träume

Selbstwert von innen heraus

Was sind NFTs? – 4 YOU die NFT-Anleitung

Geld verdienen mit Devisenhandel Forex Trading

Konzentrationstraining für Kinder von Klein bis Groß
Arbeitsbuch und Anleitung

Dark Triad – Dunkle Triade
Narzissten – Psychopathen – Machiavelliste

Lernen von einem CIA-Agenten - die psychologische
Kriegsführung
USA, China, Russland, Europa - jeder ist in Gefahr - Ein
CIA-Insider packt aus
Die E-Book Version lautet: Verborgene Aktivitäten – wie
man Menschen zu Spionen macht

Notizen